西溪文粲

庚子冬日
於錢江
于醒華

顾　　问：庞学铨　楼含松

封面题字：于钟华

诗词统筹：王旸午及

审　　核：吴亚卿

闲章设计：沈立新

摄　　影：程慰唐　辛布尔

特邀校对：李育智

西溪文琴

辛布尔　著

ZHEJIANG UNIVERSITY PRESS
浙江大学出版社

图书在版编目（CIP）数据

西溪文琴 / 辛布尔著. -- 杭州 : 浙江大学出版社,
2022.5（2022.9重印）
ISBN 978-7-308-22432-1

Ⅰ. ①西… Ⅱ. ①辛… Ⅲ. ①诗集－中国－当代
Ⅳ. ①I227

中国版本图书馆CIP数据核字(2022)第045746号

西溪文琴

辛布尔　著

责任编辑　葛　娟
责任校对　朱　辉
装帧设计　林智广告
出版发行　浙江大学出版社
（杭州市天目山路148号　邮政编码　310007）
（网址：http：//www.zjupress.com）
排　　版　杭州林智广告有限公司
印　　刷　杭州高腾印务有限公司
开　　本　710mm×1000mm　1/16
印　　张　12
插　　页　14
字　　数　325千
版 印 次　2022年5月第1版　2022年9月第2次印刷
书　　号　ISBN 978-7-308-22432-1
定　　价　45.00元

序

布尔与西溪
——读《西溪文琴》

祝金生

布尔姓辛。

辛布尔是个才女，也是个奇女。命运安排她做过钳工，做过中学老师，做过多年企事业单位管理干部。她曾是省科委所属浙江新技术应用研究所的党支部书记、办公室主任。在几十年职场的摸爬滚打中，突然，快五十了，已经过了不惑之年。她去杭州师范学院音乐系读书了，学美声唱法。全班少男少女的倩影笑貌里，多了一位妈妈辈的成熟、沉稳和慈祥的脸。

后来她又去了浙江大学艺术学院声乐进修班，她要在歌坛里找回美丽的青春。果然，她毕业后，在浙江音乐厅举办了“尔心飞翔”个人声乐专场音乐会。真好，她像春天的小鸟一样飞翔了。她穿一套水红色长裙登上舞台，她春莺般清亮婉转的歌喉，博得了全场观众的阵阵掌声。她的歌声在音乐殿堂上空回荡，在观众的心胸里回荡。接着，她随着浙江歌舞剧院合唱团到法国、西班牙、维也纳等地参加国际合唱比赛并在欧洲的教堂、城堡和小镇巡回演出。然而，她的声带出了毛病，医生劝她不要再唱歌，她挚爱的音乐之路才刚起程，只得停了下来。

前几年她退休了，玩起了诗。她很快发现中国诗词作为中华传统文化的极致，作为真善美的载体，同样具有一种形式美、内容美、节律美、音乐美、意象美。所以，通过声韵格律、构思立意、运笔谋篇、修辞炼句，她玩得很刻苦，玩得很上心，玩得很当一回事，而且玩出了成果。今年，她在她积累的作品中，选出400余首诗词联汇编成集，沉甸甸的，精美美的，集名叫“西溪文琴”。这是一本写西溪湿地的诗集，我一捧到手，就翻阅起来。果真里面的诗词一首首，一曲曲，或抑或扬，或疾或缓，像琴声一样流淌出来。这本诗集，是用诗词形式，从时空、自然、地形、历史等各种角度，塑造了西溪的灵魂和形象。西溪湿地，这块11.5平方公里的江南一隅，在辛布尔的作品中尽情显示了梵、隐、俗、闲、野的生态之美、文化之美、和谐之美，演绎了天堂湿地的独特魅力。好，让我们打开诗集。诗词中充沛之气、盎然之气、清淑之气扑面而来。她唱西溪四季歌，其写春夏秋冬四个季节的诗词有119首。每个季节，各有不同的风姿、风情、风光和风韵。

春卷34首，有个可爱的小标题，叫“早春二月，我和西溪有个约会”。且看开卷之首篇《满江红·催春》：“二月西溪，刚褪去、余冬噤默。临苇岸、一番烟雨，一番清谧。几许乌篷捎白鸟，尽教波彩嬉青鵁……”朦胧的景色，闲淡的情致。早春二月的西溪，竟然如此静，如此素，像一个农家少女，初涉世面，双眸含几分羞涩，几分好奇。当写到西溪春野上的油菜花，她笔调宏恢大胆，又不失细腻、绚丽。她写道“隔岸梯田杏雨时，青黄油菜拂波漪”“半湿鞋尖田垄立，还望彩绚落霞梯”……还有小令《画堂春》里“酒洒频招玄鹤，倚阑静听桃溪。咿呀小橹水淋漓。若我归期”。美极了。布尔轻巧一笔，搅动了我们读者胸中一泓春情春水。

诗集的夏卷30首，小标题是“荷塘映秀，蝉鸣蛙声满西溪”。这组诗词充满动感，充满活力，像夏天季节一样热烈奔放。其描绘西溪风土人情的特别多，各种乡野人物的形象跃然纸上。他们的举手投足和音容笑貌历历在目，诗笺的字里行间，洋溢着田园的生活气息。她写水乡娇娘“腮桃凝桂子，姿柳溢玄香”；她写渔翁“溪乡十里竹田通，水道汀湾聚钓翁”；她写采莲女“青衫红袄套身裁，出水芙蓉羞玉腮。摆桨摆桨采莲吴越女，清姿袅袅转蓬台”等等。各种人物像西溪夏天一样清朗、通透、纯净、质朴又千姿百态。她笔下的各种夏天景物也有声有色，形象鲜明。如《雷阵雨》“空林积雨生新爽，隐隐惊雷起和声”；《农宅》“满架蔷薇撑世面，蝉声沉醉小清凉”；《池边小酌》“君朋闲对饮，一笑醉残阳”；《处暑》“风急驱飞雨，雷鸣震伏天”；《蝉》“暑热孤清风露沾，独栖高柳独垂帘”。还如《三字令·夏思》，她接连用三字的排比句像打小鼓似的，节奏短促有力地把西溪夏景夏情表现得淋漓尽致，听“春已去，夏凉时。藕花痴。沽米酒，唱莲诗。月浮梁，风作浪，雨闲池。 银斗触，风夔随。不周移。身有度，意无涯。道空明，情淡泊，梦何知？”……西溪夏日的黄昏夕阳肯定是很美的。而布尔在《满庭芳·西溪恋》的尾句“夕阳逗黄昏”中，仅用了一个“逗”字，就把大自然中的黄昏夕阳写得如此活泼，如此生动，如此谐趣，如此拟人化。文辞丽雅，为辞赋之宗。布尔炼词煅句，让诗生动起来，这是这本诗集的一大特点。

诗集的秋卷29首，小标题是“欲问清秋何处是，西溪且留下”。西溪秋景秋色中的标志性植物，一是火柿，二是芦花。布尔观察仔细，她在观照季节变化的同时，力求真实，抓住秋季的特征，通过对火柿和芦花的描绘刻画，来展现西溪秋色的灿烂、秋意的古深、秋情的沧桑。她写《野塘芦苇》“飘蓬如雪梦何追？千片波分夕照随”；她写《飞芦秋雪》“蒹葭弥望四围纱，雪若飘时界外霞”；她写《金秋火柿》“霜红柿子千株树，波冷青茅百里田……艄公作乐船摇近，客兴频将火笼燃”。秋天是观火柿赏芦花的最佳季节，所以，布尔不惜笔墨，痛快淋漓地一口气用十一个词牌写十一首词，倾情渲染西溪热烈绚丽的秋色风光。她每首词都是以“秋”字当头的，且看《渔家傲·秋情》《踏莎行·秋思》《金蕉叶·秋凉》《蝶恋花·秋夜》《眼儿媚·秋心》《喝火令·秋节》《忆秦娥·秋月》《南乡子·秋菊》《满庭芳·秋叶落》《多丽·西溪秋雪庵两浙词人祭祀》《桂枝香·秋声远》等。她还仿唐杜甫诗写了一组七律《秋声》，共四首，意境邈远，色彩丰富，对仗工整，格律严谨。

我们不妨撷取几对：

一条素练庄前水，三径红枫霜后林。

扶阶惯看三径绿，卧霞企盼四邻新。

推门去看云追月，倚树闲听叶舞风。

雏菊放开新蕊意，扁舟留系故人心。

诗集的冬卷26首，小标题是“西溪草塘，冻出来的美丽”。我为什么要不厌其烦地引用四季的小标题呢，因为它寥寥几句，隽永且美。冬天里的西溪，在布尔的眼里是冰雕玉砌，玲珑剔透。看“珠走瑶盘无俗界，风花雪月醉园田”；“天寒地冻色青苍，飞雪严风砌玉床”；冬天里的西溪，在布尔的笔下是宁静下涌动着温顺与生机。看“苇岸冰凌峭立，云谷飞鸿盘绕，羽羽共澄垠。借彻骨凝力，崛起玉昆仑……”；“银粟隔帘敲，暖阁红炉好”；“冰成阶，梅探路，一宿不知何处”……她重点写了雪，有《探雪》《西溪咏雪》《初雪》《飞雪》《看雪》《伴雪》《风雪散人》《福堤走雪》《雪梦》《飞雪帘外》《雪春》，还有《戊戌西溪的第一场雪》四首。她把雪写绝了，把一片“六角妙无限”的小雪花，确实写得美妙无限，情趣无限。她写初雪“裹絮夜巡魂不寐，北风小朵送殷情”，风雪夜巡逻，北风里的小朵儿雪花捎来殷切的问候和情意，多人性化。她又道“满目雪霏霏。骊骥膘肥”，铺天盖地的冬雪竟成了一群膘肥肌壮的烈马在呼啸在嘶叫，多有气势。写西溪的冬天，当然也一定要写梅花的。西溪与灵峰、孤山并称杭州三大赏梅胜地。她用词写雪野里的梅“琼枝冻结，一段馨萌发。旋看素娥腮晕，孤风里、残香血”“小红骨朵雪前凝，冷艳且安宁”；她写窗外的梅更妙：“尽赏枝柯入画窗，抱得梅花俏”，一个“抱”字，竟然给冷艳孤傲的梅花平添了几分妩媚、柔顺和小鸟依人。

布尔吟诗，也是吟歌，吟响了西溪四季歌；布尔吟诗，也是描画，描出四幅西溪湿地春夏秋冬的屏风画，其中更多的是工笔画，一纤一毫，描绘得非常细腻、严谨、清晰、精致。她多角度地塑造了西溪。赏读布尔诗词，如对花品茗，不妨细研慢酌，把握其整体的美学感悟。她以静观动，萃取西溪之灵气，以静中观察西溪与历史与社会之万象。在她诗中，展现了秋雪庵祭祀两浙词人的盛况："承前吴社骚声起。野鹤闲云也炼修"；在她的诗中，弥漫着河渚街的人间烟火味："清茶夙品江南味，好酒无惭吴越觞"；在她的诗中，有氤氲洪昇故居清雅的书卷气："琴书暇日通幽径，裙屐华年蕴钓台"；在她的诗中，演绎蒋村端午龙舟赛的浩大场面和气势："蛟龙出水寒天色，旗旆当关日晕浮。棹影斡波飞万剑，鼓声齐浪遏中流……"；在她的诗中，随时可觅历史名人频临西溪的踪迹：有高庄"曾留榜草名人迹，花榭竹楼遗古风"；有两浙词人堂"香案烟弥双浙韵，清溪雪满一尊楼"；有岁月古道上"一脉人文唐宋溯，千家词笔浙闽行"……无疑，在辛布尔诗中的西溪，不仅是风光秀丽的游览景区，也是历史文化底蕴深厚的文化宝地和佛道圣境。她在《桂枝香·秋声远》里写道："叹历代贤宗，博雅相续。胜迹连城，千五百年威福"、"海天佛国，洞中仙箓"。有趣的是她在一首小诗中写了一个游僧："芒鞋寒露引，竹杖野僧邻。"随意寥寥几笔，给西溪捎来了几分神秘、清逸的仙气、佛气。

布尔多才，还玩摄影。诗集里的照片有的是别人拍的，也有辛布尔自己拍的。她所拍摄的风光片和人文片，千姿百态、色彩鲜丽、角度新颖，很有专业水平。摄影务实，镜头对准实物，调好距离、光圈、速度，按下快门；诗词偏虚，言情、言志、言理，创造意象，浮想联翩，笔下天马行空，思绪万里。辛布尔就在这一实一虚之间，观照西溪山水，写景物，写历史，写人物，写见闻，展开艺术的翅膀，或纵横驰骋，或横骛逸出，将叙述、描写、议论、抒情有机组合，给予西溪外具风骨丰乐，内蕴充沛的精气神。这本诗集，图文并茂。不难看出，辛布尔曾多次深入西溪观察、体验、创作。可以说，这十余平方公里西溪湿地的角角落落都留下布尔的脚印和汗水。她诗中的"蹲身塘埂不移步，水浸鞋头守翠微"，正是她在西溪拍照的真实写照。看她鞋头沾了泥水，还那么乐观、优雅。

她为什么如此钟情于西溪，痴迷于西溪呢？我曾经问过她。她笑道："西溪是我的家，我几十年来住在那里啊……"我一下子明白了。西溪是她的根啊，是她赖以生存的故乡热土啊，而她正是在这块热土上成长、生活的一竿芦苇、一穗荻花。西溪也是她艺术创作的源泉，这本诗集，正是她掬西溪之水浇灌的一丛诗词之花。她在诗集六卷《家住西溪》里，用22首诗词，洋洋洒洒写了不少她和西溪的故事。她写她的故居旧地："道古人家，几辈风流，圣德一方""当时一派春光。故回首、新苗成栋梁"。她写她家门口的西溪沿山河："门口清溪伴竹桥""追莺扑蝶桑林绕，笑闹童儿趣味饶"。她写她曾经读书的西溪校区："园丁挥汗禾苗壮，学子寒窗桃李稠""小诗迟寄西溪院，也佩文徽入浙流"。她写她的发小："西溪儿女西溪范，应是天真情尚连。豆蔻吟中修远志，髫龄梦里荡飞船……"她写西溪激发她诗情的潜移默化影响："西溪还我少年狂，为有情怀诗赋藏。"辛布尔温文尔雅，才情横溢，但作为一个当代诗女，她的作品一扫脂粉气，敢于用典，而且敢于尝试用生典僻典，沉郁顿挫，措辞高雅，造句新奇，将人与自然之情、热爱山水之情，寄情于一草一木，使诗词作品骨力刚健，境界奇崛。布尔的诗风由当初的婉约风格逐步走向刚健、沉郁、典雅，仿古而不复古。乍一看，不相信这样冷峭、苍坚而有筋骨的诗语词句，出于一个女性的纤纤之手。她走近诗经楚辞、唐宋百家，尤其崇尚屈原骚体神话般的飘逸而不失千古高格。她从深厚的中华传统文化中汲取营养，企盼凝结成自己古风十足的诗词风格。拿她自己的话来说："唐宋诸家开气象，峰峦万丈斗文章。王杨卢骆推敲细，李杜苏辛风骨强。更喜知音同月旦，长亭古道趣弥长。"

辛布尔是红色后代。她的父亲辛航1938年便参加了八路军（后改编制为新四军），是老革命。布尔诗集中的叙事诗《大盘参军》，便叙述了她父亲入伍打仗的一段传奇和战斗经历。她的母亲施惠人是浙江湖州人，出身书香门第，医生，曾为军人。布尔的父母皆为离休干部。她名布尔，妹名维克，弟名赛克，联起来读"布尔塞维克"，她的三观基因可见一斑。她为人正气，诗词也正气。她诗词中有许多作品闪射出时代的光芒，其山水诗，诗中有我，诗中有魂。《西溪文琴》正是她深入生活、感受生活、捕捉剪裁，渲染色彩、施加想象，给西溪这块天堂湿地赋以富有灵性意趣的诗境圣境，寄托了辛布尔的人文之情、家国之情、乡园之情、大爱之情和爱国之情。2020年金秋十月，她的诗词继第15届、第16届获得“天籁杯”中华诗词大赛金奖后，在第17届中华诗词大赛中被评为特等奖，并赴北京参加诗词盛会领奖，这是她实至名归。

《西溪文琴》出版了，这是辛布尔人生中出版的第一部诗集。金奖和诗集，不谋而合地在她诗词艺术道路上竖起里程碑，使诗人的信念、境界、趣味、人品乃至精神面貌，自然而然地上了一个台阶；同时，更是辛布尔诗词之舟继续起航和前进的新起点。新的航程波澜壮阔，风光无限。我们祝愿辛布尔扬帆奋进，汽笛欢鸣，借由自己独特的、与众不同的气质、秉性和敏感性，在诗坛上创作出更多温情之作、深情之作、热情之作。

2020年11月26日

祝金生，中国作家协会浙江省作家协会会员，浙江新时代诗社名誉副社长，浙江省时代诗词研究院党组成员，理事。浙江省辞赋学会、杭州古都文化研究会、杭州西溪文化研究会会员，杭州吴越文化研究所特邀研究员，杭州电视台特聘顾问。曾在省内外发表散文、诗歌、报告文学和小说等文学作品近300万字，多次被评为杭州市优秀作家。退休后，曾在大西北漂泊7年，发表《西部歌王王洛宾》等作品。

五十起步　文艺励志

辛布尔

我对杭州西溪诗词的创作欲望滥觞于三年前，情思凑泊，则有所作；春来冬往，所积渐夥。现将创作的诗词楹联400余首编为一帙，曰《西溪文琴》。

我的一生与西溪有缘。从20世纪50年代起，我对浙江大学西溪校区（原杭州大学校址）的依恋情怀主要来自三个时期：一是自幼年居住原杭州大学道古桥家属宿舍至今，受到西溪环境、西溪人文求是精神的熏陶影响；二是青少年开始步入西溪沿山河畔的学军中小学以及杭州大学的读书进修求学经历；三是从50岁起步，进入杭州师范学院音乐系、浙江大学艺术学院和浙江大学人文学院进行声乐艺术和诗词文学方面的再造经历。

沁园春·家住西溪

道古人家，几辈风流，圣德一方。念紫云山麓，丹砂着色，西溪文院，旭日来光。四海交游，群儒坐对，似此先贤奉玉堂。千竿碧，兼征程万里，气势非常。　　当时一派春光。故回首、新苗成栋梁。有心如莲月，修文铭志，境同柏柳，寡欲清扬。过隙骊駣，忘年梅竹，知遇尊前龙与凰。启真苑，伴诗书卷卷，黉舍生香。

注：原杭州大学道古桥河南家属宿舍，位于当时沿山河西溪河边。宿舍

从于20世纪50年代初兴建，杭大人几代居住。现有部分建筑列入杭州市市级文物保护单位重点保存。启真苑，今浙江大学西溪校区教工家属宿舍，其中大部分住户是从原杭大道古桥宿舍搬迁过来的教职工。

2000年，我以特殊的经历考入杭州师范学院音乐系，师从刘迁、阎宝林、孙平老师进行声乐、乐理和钢琴等专业学习，四年学业后又进入浙江大学艺术学院，师从美籍声乐专家刘斌老师进行声乐和歌唱表演方面学习，同时在浙江省音协主席谭丽娟老师的关心鼓励下参加声乐考级。2004年取得声乐九级证书，并且成为浙江省音协声乐专业委员会会员。2005年浙江卫视对我做了个人专访，制作成《五十岁的美声》的专题纪录片播出；2009年4月，由浙江交响乐团、浙江音乐厅和钱江晚报主办，浙江歌舞剧院合唱团协办，浙江大学文琴艺术团参演，我在浙江音乐厅成功举办了个人声乐专场音乐会。时任浙江大学艺术学院院长、浙江省人大常委会委员的陈振濂教授给音乐会题字“尔心飞翔”。钱江晚报对同学们集资支持我筹办音乐会的爱乐之举，以及我使用部分集资款购置钢琴赠送给浙江儿童保健医院白血病患儿的善举，进行了跟踪报道。

学声乐

几度沿溪寻丽景，抚琴练曲冶精神。
赏心励志成歌者，乐事勤耕仿古人。
惭我晚霞余梦里，得师音律一身新。
美声缘起西洋剧，五十登台尔乃邻。

2010年，我和原杭州大学道古桥宿舍发小俞企玲、倪赛英、任燕平交往并成立了梅（俞）兰（倪）竹（辛）菊（任）文学社，效仿古人绿蚁醅酒，红泥火炉，结伴取暖，守候乡溪。文学社成员梅兰菊君皆本科中文专业，多年在市府办、省文化厅及省电大任文职，文学底蕴丰厚；

而我之前所学专业是党政基础、经济管理和声乐。要与文友们同步写作，我付出了成倍的努力。从开头的热衷散文和现代诗的创作到后来开始模仿写古诗词之类，两年下来我的写作水平不断提高。其间，文学社共创作各类体裁的作品500余篇。

发小

西溪儿女西溪范，应是天真情尚连。
豆蔻吟中修远志，髫龄梦里荡飞船。
恩师昨日犹今日，少小新年胜旧年。
明月清风吾共有，传承所贵在文渊。

2014年春，我揣着诗稿来到当时还在西溪校区的浙江大学人文学院，拜访当时任浙江大学人文学院书记的古典文学博士生导师楼含松老师。楼老师是我先生庞学铨的朋友，他对我近60岁还在古汉语上下功夫的精神十分赞赏和支持。楼老师鼓励说："能有创作的热情是好事，你通音律，又有几年散文和现代诗的写作过程，入门应该更快些的……"这番话给了我坚定的信心和无比的勇气，使我面对学诗艰难不抱怨不气馁不放弃。楼老师热情安排自己的硕士生王旸午及（当年王旸午及23岁，任浙江大学晨钟诗社社长）来辅导我的古诗词学习。从此在长长的7年时间里，王旸午及以其年轻人的睿智及跳跃性思维和对古汉语的精准把握立标示范，由浅入深、由表及里将我这个当初凭想象凭感觉只能用今韵的诗词爱好者，逐步引导上了遵守古典诗法韵律，看重用意境、感情、诗眼、警句、典故和展显个性的创作之路。

王旸午及一对一的授课鉴古观今，入情入理，一气贯注，滔滔不绝。为时4个小时的阐述，让我一点也不敢分神，紧紧跟随着他指引的诗路进入一片又一片崭新的天地。依照午及老师的布置，我选择以杜牧的诗和晏殊、晏幾道父子的词作为入门突破口，用了3年时间反复阅读，套路模仿，勤奋创作，习作近千首。终于在2017年的辅导课中，午及老师提出我学习的着眼点要转放在杜甫的诗上，加强领会杜诗严谨的结构和完美的对仗。午及开导说："阿姨确实很勤奋，笔耕不辍，令人钦佩。但是一个人的才思和精力终究是有限的，早期需要多读多写，但是到了一定阶段之后，如果还是每天费力费脑，就怕心力不济，总体质量会下降。不如多看少写，循序渐进地减少创作的数量，提高单首的质量，从两三天一首到一周两三首，最后再到一个月两三首，这样可能效率更高。人说最好的状态是，特别想写，灵感如潮，才不得不写，这样就可能达到古人眼中的我以我笔写我心。若学有余力，还需要看看古人对杜甫诗的解读，最好一句句、一联联仔细地读，认真地想，回归杜诗才是古人眼里的正途。"从此我寄情愈炽，用心更细。杜甫的诗和苏轼的词成了耸立在我面前两座巍峨的高峰，仰其气象浑厚，局面宏大，血脉贯穿，韵度飘逸。中华诗词源远流长实属国粹精华，令后人取之不竭，学无止境。2020 年 10 月，午及得知我的一组作品获得了第十七届天籁杯中华诗词大赛特等奖，便在微信中留言道："人到中年以后因为心态平和很容易写诗过平。其实人年岁渐长时，若肯下功夫，反而能更进一步，因为好的诗就跟好的表演一样，需要情绪上收放自如，年轻人放很容易，收却很难。第一流的诗一定是平静中的爆发。"我回复："第一流的作品是平静中爆发，你说得形象明白。这在阿姨眼前似又点亮了一盏灯，紧走慢赶我都会向那里去……"午及老师回复："就跟演员演戏一样，大哭大闹不是最好的演技，最好的演技一定是懂得克制和收敛，情绪上又有层次……"

戊戌三月诗会

三月风吟扬国粹，南华园内看春深。
书堂尽染丹青色，学子争传龙凤音。
柳絮飘萧来作客，语莺环顾似听琴。
师生抡雅同台戏，诗画成屏入碧林。

2017年秋，我加入吴亚卿先生的诗词文学班学习。吴老前辈自15岁起先后从乡先辈戴中甫先生与当代十大词人之首徐行恭先生治诗古文辞，致力语言、文字、文学研究与诗词、楹联、骈文、书法创作60余年，硕果累累。吴亚卿先生是中华诗词学会的发起人之一。他的教学以他所编《诗词联赋通论》为教材，循序渐进，一板一眼，特别注重在课堂上加强对学生诗词格律基础功底的训练。他耐心详细叙述历代诗词演变发展过程，善于用范例说明不同时期不同诗家运用不同格律的手法及特点，使班上水平不一、各有需求的学生都能从中受益。2019年夏，我又参加了由吴亚卿先生主讲的清音国学高级研修班的学习，重点接触到了赋。辞赋起于战国，盛于两汉。以屈原为代表的“骚体”是诗向赋的过渡，称为“骚赋”；汉代正式确立了赋的体例，叫做“辞赋”；魏晋以后，赋日益向骈文方向发展，称为“骈赋”；唐代又从骈体转为律体，叫做“律赋”；宋代后又有用散文的形式写赋，称为“文赋”。著名的赋体文章有司马相如的《子虚赋》、杜牧的《阿房宫赋》、欧阳修的《秋声赋》、苏轼的《赤壁赋》等。从《诗经》算起三千多年，能写诗的人上百万，但写赋的古今尚不足千人，其中大家和名家更屈指可数。明代著名文论家谢榛说：“汉人作赋，必须读万卷书，以养胸次，又必精于六书，识所从来，自能作用。”清代大学者阮元说：“综两汉文赋诸家，莫不洞穴经史，钻研六书，耀采腾文，骈音丽字。”也就是说，赋作者不仅要了解经史六书，还必须有囊中取物般驾驭语言的能力。然吴亚卿先生的赋通今博古，与诗画境，讲究对偶、声律和藻采。且声韵和谐、对仗整齐、开合切题、典故翻新，令读者神清气爽。课堂上通过吴亚卿先生对赋的创作思路详尽的讲解和示范，我们也由此见识到了吴老前辈毕生研习古代文学所付出的努力，和他作为浙江的诗词文脉著名传承人，自幼博览群书、下笔若有神的童子真功夫，继而在创作中能有错综今古，控引时空的手笔和稳健爽朗通畅的书写风格。

戊戌霜降后十日西溪湿地秋雪庵祭祀

渔子莲舟成旧地，秋风还恋小芦洲。

诗台花絮唯人愿，画阁雕栏寄客愁。

香案烟弥双浙韵，清溪雪满一尊楼。

承前吴社骚声起，野鹤闲云也炼修。

2019年春，我慕名加入朱庆文老师的诗词楹联班学习。朱老师出身名门，是儒学集大成者、宋代理学家朱熹第二十八世孙。朱庆文老师风华正茂，精力充沛，多年坚持诗联创作。目前，朱庆文老师担任中国楹联学会理事及学术委员会副主任，浙江省楹联研究会会长，浙江省诗词与楹联学会副会长等职务。他一直致力于楹联理论和格律诗理论研究，出版有四本相关理论专著，受到全国诗联爱好者的欢迎。在诗联教学中，区别于吴老前辈的传统教学手段，朱老师运用现代电化教学手段，结合黑板手书，师生进行面对面交流，随时获得反馈信息，及时调整好教学内容和进度。他的课语言简洁、思路明确，善画龙点睛，还学生于全局思考的空间，使之当场归纳好课堂笔记，取得良好的教学效果。班上有多名同学加入全国及省市诗词、楹联组织。课外，朱老师还注重创造机会提升学生的实际创作能力。2020年春，他推荐我参加全国对联赛事的初评工作，并指导我如何做好初评工作，使我在评选中进一步明白了楹联创作中的很多知识与窍门，也逼得我深入温习并查阅有关书籍资料，在对作品判断中把握好尺度，做到心中有数。入楹联班学习未满两年，我的楹联作品还在全国“对联中国”评选中获奖。

铭志

茶饮山春，明志甘居淡泊；

诗吟竹韵，延年许托清修。

我出身于军人家庭，自小喜爱文艺。50岁后以文艺励志，一路上得到师长、朋友、同学和家人的理解扶持。近十年来，我分别参加了中华诗词学会、中华当代文学学会、中国楹联学会和浙江省诗词与楹联学会以及省市诗词团体组织的各类活动。2019年5月，我被授予中华当代文学学会、诗词世界杂志社中华诗人形象大使荣誉称号。学习期间，我有幸得到楼含松、陈振濂、于钟华、王旸午及、吴亚卿、晨崧、郭云、刘宝安、刘先森、李剑锋、祁茗田、王骏、朱庆文、沈立新、张泽华、徐青、陈宝福、荆滨旭、朱汝略、郭星明、陆雪沧、高思佶、熊美容、沈利、祝金生、缪少华、金闯礼、史训铭、杨芳菲、曹爱光、朱晓明、刘晓玲、程慰唐等老师、同学和朋友赠书赠字赠诗赠画赠章及提供资料，同堂探讨文学艺术的真善美境界和诗词写作体会，一起享受诗词创作和交流过程中带来的愉悦心情。我仍记得在2009年个人专场音乐会的谢幕舞台上，阎宝林老师曾对我说："一个学生的成长成功，身上凝结着多位老师的心血和期望。"学声乐如此，学诗词也同样如此。在即将踏入晚年之际尚能有一方赏心乐事的天地，我是幸运的，且自始至终对社会怀有感恩之情。目前对诗词创作和对经典诗句的仿写揣摩已经成为我的兴趣爱好。诗言志，诗抒情，诗构成了人们热爱中华、文明修养、立身立德不可缺少的精神境界和高雅追求。诗的酝酿、推敲、品味也带来开阔眼界、觉悟真谛、丰富学问的筑梦过程。我感谢文缘、诗意、歌声带来的人生快乐！我愿意孜孜不倦做喜欢的事情，真心实意交踏实的朋友，知足常乐过安宁的生活。

满庭芳·晚情

保俶流华，香花伏岭，北山螺黛烟云。岁来时往，寻忆故人村。几处楼头落雁，不舍去、气象重新。逾恒久，柏松苍翠，幽隐出闲人。　当年为福地，东邻胜侣，南结儒门。慕君子，冰轮常共清樽。更有人文众彦，倚书阁、教化相存。延今日，碧空星斗，低咏向晨昏。

注：杭州大学历经百年育英求是教学活动，在半个多世纪里，杭州大学道古桥宿舍曾居住过陈建功、陈嗣虞、陆维钊、夏承焘、王驾吾、胡士莹、陈立、姜亮夫、林淡秋、孙席珍、严群、黎子耀、严德一、张君川、陈书、王承绪、陈企霞、胡玉堂、江希明、任铭善、陈学恂、蒋祖怡、鲍屡平、白正国、蒋礼鸿、周洵钧、倪士毅、管佩韦等学者。

2020 年 12 月 30 日　辛布尔于杭州

目录

上辑

西溪文琴　之　春卷

（早春二月，我和西溪有个约会）

西溪文琴　之　夏卷

（荷塘映秀，蝉鸣蛙声满西溪）

西溪文琴　之　秋卷

（欲问清秋何处是，西溪且留下）

西溪文琴 之 卷五

（西溪文景，休闲典雅，人生若寄，乐是幽居）

西溪文琴　之　卷六

（家住西溪）

下　辑

西溪文琴　之　卷七

（松楸余荫，梅竹清风，美丽杭州，诗影结社）

上辑

西溪文琴

西溪文琴

之 春卷

（早春二月，我和西溪有个约会）

满江红·催春

二月西溪，刚褪去、余冬噤默。临苇岸、一番烟雨，一番清谧。几许乌篷捎白鸟，尽教波彩嬉青鹢。福胜梅、竞发四时香，神飘逸。　　花朝市，稌郁席。塘似染，堤生碧。正暖丝晴絮，翠烟如积。溪界如今绵百里，片云依旧连踪迹。照疏朗、踵接紫葳蕤，浮青墨。

渔歌子·庚子惊蛰偕芳菲学友走西溪漫成（五首）

其一

嫩绿千丝翠幄连，雷鸣惊蛰百花繁。

飞锦缎，出围栏，游人折柳气清闲。

其二

折柳溪边逗锦鳞，小船湾口接来宾。

黄杏李，紫蒲茵，花间粉蝶绕缤纷。

其三

晓看红桃映碧棂，啾啾黄鸟掠池亭。

初四月，正清明，毋将好雨负春耕。

其四

细雨塘前叶叶芽，东风寒食大堤斜。

千尺柳，半规霞，炊烟弥漫竹篱笆。

其五

隔岸雄鸡报晓门，挂红船轿迓新人。

凝玉露，瘦腰裙，沈香楚鬓出青云。

西溪梅花

西溪植梅可追溯到宋代，那时便有号称“西溪两绝”之一的“福胜梅花”胜景。至明代，西溪梅花尤其是法华山梅花，“上下十里如雪”，已成为武林梅花之最。明清二朝，西溪梅花兴盛绵延达两个多世纪。在明代中期，“西溪探梅”已是远近闻名的胜景，清代雍正《西湖志》将“西溪探梅”列为“西湖十八景”之一，西溪遂与灵峰、孤山并称为杭州三大赏梅胜地。

西溪探梅五咏

其一

香来沉醉看花迟，一段风情翠上痴。
几撇青红匀暖意，纷争梅月绽高枝。

其二

冷艳幽香挺雪姿，清枝独处北风时。
不由管领东君意，梅萼纵情春纳之。

其三

亭亭绿萼下琼台，宫粉浮墙紫蒂开。
傲骨仙心无刻意，朱砂神韵玉衔魁。

其四

御花园内三宫淡，一丈琼台黛色旋。
占得秀枝依水乱，横琴石上美人缘。

其五

元春幽雅冻梅花，舒卷烟霞竞瘦桠。
借带蓬莱天外色，暗香浮动越篱笆。

春到西溪（五首）

其一

雨露轻风又此时，竹梅姝丽上圆枝。
桃花今日开无数，鸡犬相闻亦有诗。

其二

引香扑蝶芳菲地，缕缕乡音更写真。
翠竹烟萝青草气，清风几案守春神。

其三

泛舟溪上腋生风，牵翠擎红趣正融。
迎面飞来双白鹭，草丛蛙叫乱时空。

其四

循行小径探花去，雨后春深换碧颜。
风醉婆娑千尺柳，农家恰在李桃间。

其五

相偕入席侃花经，摇曳芳枝更淡宁。
堂上咏吟金缕曲，手持玉斝任人听。

春行西溪

历史上，西溪春天有两大盛事：一是冬末春初的探梅；二是农历二月十五的花朝节。每当春天来临，大地复苏，万木吐绿，西溪梅花盛开，百花竞相开放，游人游赏兴浓。西溪远离城市喧嚣，淡泊素雅，尽脱粉脂。早春的微风，清凉而温柔，轻吻着刚长出新芽的柳枝，吹皱了平静的水面，悄悄地传送着满园的清香。我沿着福堤缓行，身心愉悦，不觉吟兴油然，爰借韵试填以志春丽。

望江东·西溪梅

家住城西有梅树。探雪里、春光路。依荒染翰结成侣。鹤挺秀、风生趣。　　巡檐举案诗无数。著格调、天真悟。圣踪禅迹过王府。结儒士、沿蹊暮。

画堂春·春归

粉樱笑蕊满亭池。弄晴细雨霏霏。野花陶醉百灵啼。曲曲如诗。　　酒洒频招玄鹤，倚阑静听桃溪。咿呀小橹水淋漓。若我归期。

忆江南·早柳

春绵柳，风暖绽新芽。撩弄微波塘上看，勾留晞露岭头花。桃李灿千家。　　惊蛰后，四野竞丰华。吟啸宋城思五代，又随吴曲绕桑麻。长影逐西斜。

洞天春·春神下凡

天公织物灵巧。九界霓裳缥渺。隐入湖心费寻找。正开帘清晓。　　燕脂细染悄悄。又似婵娟曼妙。柳起新姿，月噙仙露，香魂多少。

行香子·踏青

翡翠沾窗。紫气升堂。更春风游兴张扬。幽栏几处，圈尽晴光。有桃花红，樱花白，菜花黄。　翩翩隐士，依依娇媚。任啼莺恍对流觞。鹤梅君子，野棹还乡。引风来香，云来势，雨来妆。

菩萨蛮·春香

溪桥竹径偏为伍。追风白鸟游人处。相识好花缘。欲鲜还未鲜。　山头开烂漫。空谷腾飞璨。油菜正黄时。红桃应笑堤。

画堂春·丁酉正月初五同学游西溪

并堤绿竹挺丰姿。溪光山气横飞。雁声云影竞相随。一径风追。　舷侧水涡生色，蝶翩花片呈奇。几人结伴落霞归。曾在孩时。

解佩令·江南春早

风栖桃坞，溪含香雾。好心情、春光分付。俗子朝逢，问白鹭、青山何处？钓舟边、逐波自去。　花旋一路。诗怀一路。鹤矜持、松篁骚赋。入荇金鳞，出隐秀、轻姿娇妩。折青枝、杜鹃碎语。

风入松·识春

荷锄忙月接熹微。田脚子规催。去霜晓陌垂垂影，抖翠香、香漫蓑披。根土默醇甘乳，竹枝顽璞青坻。　天容乾象水生涯。山脉蕴灵稀。芳溪风暖通幽径，约刘郎、桃月戏嬉。惊觉怀中仙籍，入行乡里农时。

解佩令·春途

平波轻逸，流箫感悟。恰黉宫、储放思绪。总在春时，细打理、行囊装具。起风帆、廓通清宇。　青山连壁，黄鹂绕指，入谁家、一篓春语。旷世牢骚，乃琐碌、穷鞭凄雨。妄虚言、燕儿禀诉。

观赏油菜花（四首）

其一

隔岸梯田杏雨时，青黄油菜拂波漪。
茅根水暖蜂花乱，翠柳风轻白鸟嬉。
香径流泉浮彩练，游人回步湿罗披。
桃源邂逅堪情调，岂负春光百日期。

其二

山乡留我翠微宫，笑语开怀任自穷。
红袖绕香黄又绿，粉裙束锦转如蓬。
青春岁月依然在，豆蔻年华不肯空。
油菜籽音逢雨趣，风旗长堰放晴中。

其三

春风春雨到乡溪，十里青桑赴堰堤。
村口亭亭桃柳绪，塘边点点苇花迷。
回眸更有红装女，移步旋添绿草泥。
半湿鞋尖田垄立，还望彩绚落霞梯。

其四

情天月地白云飞，摄友登临揽翠微。
磊落溪风开口笑，从容山影忘神归。
总将酩酊酬诗兴，难得糊涂借紫辉。
古道古村原若此，我侬信步入霞扉。

洪园望族

洪园处于余杭区五常地界内，主要再现西溪望族洪氏文化。西区共有面积 3 余平方公里，西溪十景中的洪园余韵、龙舟胜会、蒹葭泛月和火柿映波四景即在其中。

洪园原址位于蒋村深潭口东岸，由洪钟晚年归隐西溪始建于明成化年间（1465—1487），明万历二十六年（1598）翻建一次。当时规模很大，光是曲池就有 10 余亩。园中修竹、小丘、峰石等景物，既具山川灵气，又集西溪风韵。

复建的洪园建筑群位于五常文化村的区域内，与洪氏家族直接相关的有供奉洪氏家族先祖画像、神祖牌位、家规祖训、昭告和楹联匾额等洪氏宗祠。

洪氏家族历经宋、元、明、清，800 年书香绵延，人才辈出。或为朝廷重臣，或为文化巨子，且大多为政学兼治、文武兼备。在政治、军事、外交、史学、金石学、钱币学、志怪和戏曲等领域都取得了后人难以超越的成就，尤其在宋、明两代最为鼎盛。旧时洪氏宗祠内有“宋朝父子公侯三宰相，明纪祖孙太保五尚书”的楹联为证。其中南宋的洪皓和洪适、洪遵、洪迈父子，明代的洪钟、洪梗、洪祖瞻祖孙，清代的洪昇，堪称杰出代表。如此家族，的确可谓岿然人杰。

蒋村乡恋

洪园

蒋村南北皆春水，守望沙鸥日日来。
黉府不曾尘俗染，投文亦可浪名开。
琴书暇日通幽径，裙屐华年蕴钓台。
端午龙舟喧鼓角，苕溪翠色渚堤裁。

农趣

芦荡埠头天水碧，春分墒垄菜花时。
风中柳苇任飘絮，田里秧苗少稗枝。
弄荇鱼纹追白浪，投汀鹭羽逐轻漪。
农人欣悉来新雨，篱帐沉吟竹节词。

休闲

醉呼迟日于晨暮，琴钓郊游画上禾。
路半时尝瓜果绿，门前常数竹田多。
蓬蒿幽径消尘碌，风雨荒台泛野歌。
河渚乌篷迎万历，书斋酒肆请茶佗。

游赏

不似天涯隐逸身，袈裟也试葛为巾。
蒹葭滩上邀明月，杨柳池边戏紫鳞。
桃李风姿连作亩，文章气象几回春。
醉眠石枕清溪绿，帝辇焉知步履新。

西溪文琴之夏卷

（荷塘映秀，蝉鸣蛙声满西溪）

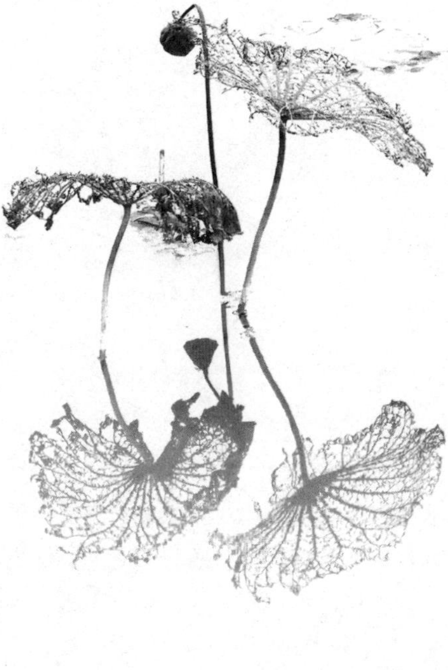

沁园春·夏塘

晚雨塘边，六觉灵通，独醒俗埃。寄水光湛露，菱波芡雪，香风野气，桂魄梅骸。盘上珠玑，粉尖错落，拟唤阿娇翡翠裁。歃凉处，于翩翩白鹭，隐隐蓬莱。　　空中闪闪星钗。引多少幽花情窦开。趁熙熙攘攘，肥袈漫卷，芊芊郁郁，蓬鬓淹埋。倏地飞鸣，牵云呼月，扎入银河自放怀。酌银斗，似蓑翁一卧，无虑编排。

西溪夏日拾趣

西溪之胜在于水。沿山河、五常港、紫金港、顾家桥港、严家港与蒋村港等六条河流纵横交错，使西溪湿地成为一个湖漾港汊、鱼塘芦滩遍布的泽国。据统计，西溪湿地河流总长达100多公里，水体面积约占70%。

夏日，扑面而来的同样是宁静的氛围，这种氛围也依然充满了自然的野趣与质朴。呈现在游人面前的，早已是草长莺飞，满园浓绿，不见了一树枯枝、一处败叶、一丛芦茬。

夏天的雨水使这个泽国湖满塘盈，波光潋滟，放眼望去，可见一洼洼水塘、一片片绿洲。乘坐在手摇游船上，悠闲地穿行于港汊弯环间，舟行岸转，物异景移，绿荫消暑，水风成凉，忽而柳枝拂面，忽儿水拍船舷，忽而会惊飞一群草丛中精灵般的小鸟，引得远处肥硕的野鸭凝神观望。

池塘中，绿荷挺拔，不蔓不枝，青莲铺展，莲叶蔓蔓，枝蔓绿如翡翠，花开端庄淡雅；蜻蜓或稳稳挺立于荷尖，或轻轻地穿梭于花间；塘中的菱，蔓连着蔓，叶扣着叶，相依相扶聚在一起。偶见园工驾着小舟在采摘菱角。绿皮尖角嫩菱入口清香甘甜。

堤岸上，随处是柳、樟、柿、桃、桑等各种花草树木。水面上，成片的芦、荷、菱、萍、莲等各种水生植物，形成绸缎般的柔软和厚重的墨绿色。

夏荷（四首）

其一

寻鹤推波起绿痕，池塘无处不消魂。
持杯欲醉随风去，雨共莲花入圣门。

其二

月地风荷梦碧城，黛横出落沐清英。
伏梅耕雨平添趣，自种幽香佩水晶。

其三

晨烟袅袅托湖光，倒影浮莲叶卷廊。
只恐炎炎枯萎去，青黄朽土做花床。

其四

池边多少观光客，锁在桥栏水榭间。
追尽红香迷翡翠，几人抬眼望青山。

一剪梅·荷之幽境

一段沉香波底留。跳雨清幽，伏浪轻柔。荷戈握笔雁门投，诗取吴宫，画满西楼。　月有昏沉梦有忧。一孔情丝，几处牵由。凫舟酹酒掬留芳，暗转蓬裙，摇醉瀛洲。

醉相思·荷的游吟

绕郭金红莲欲嫁。起风韵、随溪野。共矜爽、珠玑盘上下。点点雨、幽香惹。阵阵雨、幽香惹。　绿裹肥袈堪比画。白鸟落、捎真话。问痴者、花期何有寡？春到也、风情洒。秋到也、风情洒。

喝火令·晚荷

古渡残阳照，凉亭缟露深。欲勾莲步影沉沉。珠翠黛蓝交乳，溟漭素鳞寻。　水气连空雁，星光缀夜襟。一川烟漾却流金。送别余霞，送别月西沉。送别鹊桥牛女，煞自抱冰心。

夏游西溪

莲花

轻风碧上游，盘叶做芳舟。
玉露常陶醉，花言且害羞。
云鬟香雾湿，莲步粉腮柔。
择了吴宫梦，禅心奉月楼。

茉莉

素馨多剪蕊，云锦出花房。
绣女檀心巧，贞枝玉骨藏。
迎风交白嫩，向月抖清凉。
天上晶莹种，人间富贵香。

水乡娇娘

笙歌绕水乡，清韵枕波床。
苏小游吟地，西施浣濯乡。
腮桃凝桂子，姿柳溢玄香。
楚楚湖中影，轻盈画里藏。

池边小酌

雨落娑娑响，风扶阵阵凉。
白鸥环碧水，野渡见渔郎。
垂柳千丝意，云斋几寸方。
君朋闲对饮，一笑醉残阳。

处暑

月轮还未起，露水已秋延。
风急驰飞雨，雷鸣震伏天。
雾氛湖岭散，林霭炳辉玄。
百亩蚕桑绿，农家采素鲜。

大田向日葵

雨后芳颜若淡金，满朝真色凯风临。
此花向日无虚梦，空惹幽怀大地心。

采莲女

青衫红袄套身裁，出水芙蓉羞玉腮。
摆桨采莲吴越女，清姿袅袅转蓬台。

渔翁

溪乡十里竹田通，水道汀湾聚钓翁。
自以蛙声传鼓乐，夏秋草色若屏风。

蝉

暑热孤清玉露沾，独栖高柳独垂帘。
为何伏匿悲秋意？恨惋知音别夏炎。

雷阵雨

空林积雨生新爽，隐隐惊雷起和声。
汊港白鸥迷向北，水田漠漠接清英。

农宅

山樽水沼坐明堂，夏日常怀藕叶香。
满架蔷薇撑世面，蝉声沉醉小清凉。

溪光

以水为田桥为路，帘开新绿见澄明。
回风岸转生闲逸，流韵鳞波荡晚晴。

薰衣草

暑热蟠龙裂紫鳞，风中延伫玉精神。
大田眺望黄昏月，长岸留连清晓人。
药味常年穿笼袖，香材永夜沁脾身。
拾遗草本古书撰，淑气牵衣粹可新。

夏日荷塘

水漫荷塘幽鸟聚，晨风习习送氤氲。
层层碧叶齐眉案，朵朵黄花慕粉裙。
蜂啄小尖波影乱，蝶翩草径露珠欣。
梅酸时节蒸炎气，抉藕追鱼闹夕曛。

游摄

相约荷塘聚夏天，十余摄友兴悠然。
蹲围绿水临修竹，观赏双蓬迎杜鹃。
莲子青红根土辨，田埂狭窄芷荪延。
蛙鸣鱼跃天将晚，人似芦洲世外仙。

雨摄

暴雨流花泥草衣，浮云叠垒近红稀。
青瑶百亩连农府，白水孤洼没钓矶。
鹭起长空惊领略，鱼翔浅底越重围。
蹲身塘埂不移步，水浸鞋头守翠微。

初夏

通宵淅沥送清英，山里奔雷响几声。
半壁蕉云笼绿麦，一帘花鹊逗红樱。
青梅煮酒骚人醉，乌米投江岁月情。
过耳蝉鸣蝗已至，夹风带雨复清明。

醉花阴·入夏

交织千山成万亩。春色何曾朽。罗锦又标霞，虫篆残香，清影为谁瘦。　　与君戴月披星斗。借素弦更漏。心照更传神，耳斡惊雷，云积西城厚。

好事近·河上

细雨挟轻舟，迎面鹭飞鸥舞。连岸沃荷澄碧，衬粉花晞露。
白鳞拖雪雪千堆，恍惚接天路。飘落梦云歌雨，似瑶台仙府。

三字令·夏思

春已去，夏凉时。藕花痴。沽米酒，唱莲诗。月浮梁，风作浪，雨闲池。　　银斗触，风夔随。不周移。身有度，意无涯。道空明，情淡泊，梦何知？

采桑子·芭蕉雨

窗前檐下芭蕉树，风满中庭。风满中庭。绿裹芳心、舒卷透温情。　　天边沥沥飘摇雨，点滴晶莹。点滴晶莹。孤坐闲人、啜茗伴清英。

满庭芳·西溪恋

绿水涟漪，青山绣绮，漭泱日抱河滨。乡愁悠婉，寻访故人村。几处苍台老树，昔时燕、檐下巢新。别来久，亲情还忆，置酒宴征人。　　平生多况味，云光岁彩，远去嚣尘。却留得，花魂蝶梦天真。吾等桃源旧步，结文社、芳梦同辰。悠哉地，滩涂搁桨，夕月逗黄昏。

西溪文琴之秋卷

（欲问清秋何处是，西溪且留下）

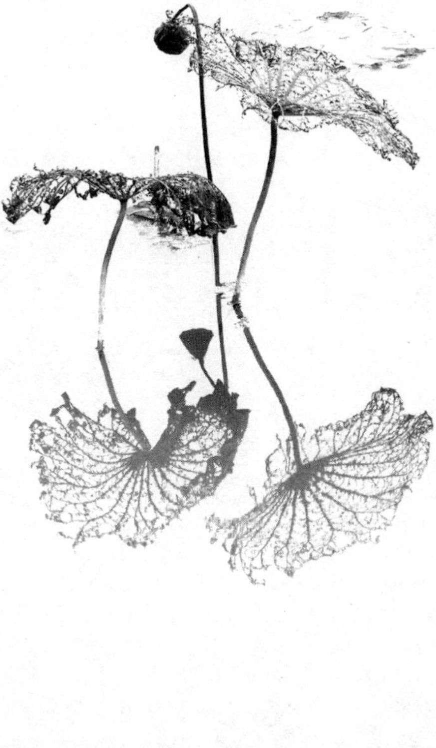

沁园春·题秋

泛泛蒹葭，并展重阳，火柿岸头。藉野桥几座，贯通湿地，长堤廿里，填却鸿沟。清气萦回，潾波明灭，垂落银河凫月游。开怀抱，竟遁形七斗，静妙难收。　　西溪古旷深悠。有爪印高人可溯流。仰乐天刺史，筑亭修志，康熙雍正，寻址留讴。饮酒烹茶，观山问佛，题咏联魁入邃幽。衔芦穗，共清凉国界，接踵双眸。

火柿芦花秋西溪

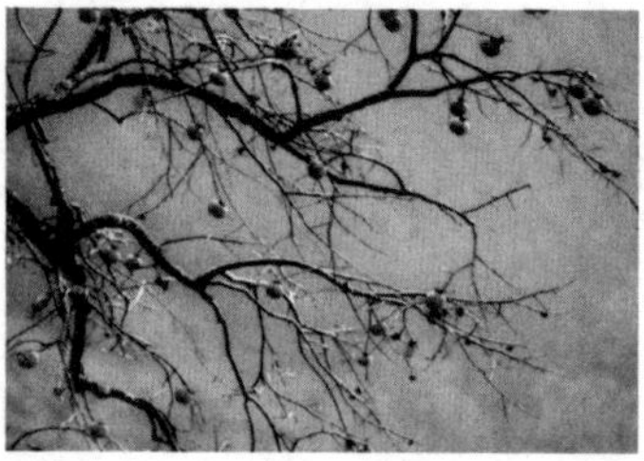

白居易的《琵琶行》有“枫叶荻花秋瑟瑟”之句，于是，枫红芦白便成了象征秋天的代表性景物了。可是你若观赏过深秋的西溪，便会觉得火柿芦花才是西溪秋色秋意秋姿态。

柿树是西溪的经典树种。西溪河塘星罗棋布，塘堤纵横交错，这里的先民大多采用塘内养鱼、塘堤种柿的方法进行劳作，柿堤鱼塘便逐渐成了西溪著名的传统农耕方式。目前西溪湿地公园内植有柿树一万余株，百年以上的老柿树就有千株。塘堤上随处可见的柿子树，既有固堤护堤的作用，也成了西溪的一道绝佳风景。

西溪赏柿尝柿，最佳时节当在九月下旬和十月上旬间，此时也正是杭州桂花盛开的季节。从周家村主入口进园，沿着弯弯曲曲的石径往前，四周便是大片的柿子林，柿树大多高大挺拔。柿树上的叶子有的绯红、枯黄，有的已经大部脱落，一副黝黑虬枝的样儿。圆柿、方柿、火柿，或绯黄，或橙色，或火红，或半黄半红，连片地挂满枝头。在秋日金黄色阳光下，晶莹剔透，红光点点，闪烁跳跃，心情都被照得明亮轻快起来。

西溪秋色里的芦花，在南宋潜说友撰的《咸淳临安志》中，谓苕溪之名源于苕花。芦花古时亦称作蒹葭，《诗经·秦风》中就有“蒹葭苍苍，白露为霜。所谓伊人，在水一方”的吟唱。据考，苕花一般指白茅、青茅、黄茅。其中青茅即芦苇，叶片较白茅稍宽，夏秋开花，花穗如圆锥，成熟时花如白絮，蓬松轻盈，可随风飘飞，故有“秋雪”之称。

西溪秋冬（三首）

其一

一陂秋水绕芦汀，飞穗天姿各有灵。
纵被西风吹作雪，匐浮湿地化为萤。

其二

西风征雁霜初净，芦荡连堤水雾重。
风物此时堪比画，红枫绿菊色香浓。

其三

福堤鞍马隔尘埃，别有金红佩斗魁。
暮日北风追雨去，远峰清瘦驾云来。

福堤漫步

西溪飘雨里，木叶灿黄迟。
白鸟穿芦过，清泉抵石嬉。
展怀诗十载，畅饮酒当时。
神醉如驰马，罗裙沾素丝。

西溪游仙

蕉园风雨定，仍见雁征尘。
落叶溪边木，张灯月下人。
芒鞋寒露引，竹杖野僧邻。
吟啸行云宿，前山旭日新。

浙西词社

船放三江口，群情寄海楼。
渊源生不息，气格古同俦。
西北多云鹤，东南有溯流。
宾朋联翰墨，师友识芦洲。

野塘芦苇

飘蓬飞雪梦何追？千片波分夕照随。
酒肆茶廊闲作穗，月光白露亦成诗。
瑟风恍若御天鼓，迷雾几曾列汉旗。
空影鹓鸿心有寄，羡鱼投笔折芦枝。

飞芦秋雪

蒹葭弥望四围纱，雪若飘时界外霞。
深港沙鸥迷快艇，孤庵道士伴青袈。
莲池清冽云根立，竹岸虚明夕影斜。
琼草玉葩皆月地，等闲还是白芦花。

金秋火柿

枫叶芦花月一川，引来金梦破云烟。
霜红柿子千株树，波冷青茅百里田。
棱硕醇香留火种，小圆甜腻饮冰泉。
艄公作乐船摇近，客兴频将火笼燃。

游河渚街

桥回汀转渚街长，红树重阳并桂香。
枫叶含霜成色炼，梅芳念雪大真扬。
清茶夙品江南味，好酒无惭吴越觞。
此地新腔呈异彩，春风回顾苇花塘。

苕溪问学

捧书吟诵古桥头，玉兔东升伴素秋。
美梦曾随清影落，征心依是故乡留。
开帘北斗乐舒展，入寺骚人善炼修。
今日泛槎芦荻界，仙心自得帝王幽。

儒牛耕耘

花木又新连绮陌，农夫犁杖入春耕。
牧童放足追征雁，老骥随群踏牧声。
日月何穷龙马志，一生挽甲大田兵。
阴晴分野由他变，月府天都自有情。

秋雪庵历史沿革

秋雪庵始建于南宋淳熙初年，原名大圣庵。淳熙七年（1180），因临安城内孩儿巷的资寿院废圮，于是将资寿院匾额移请到了此处。宋潼军节度使又在此为曾住持过台州瑞岩寺的名僧资寿岩禅师建了别院，称为资寿院。

自宋至明，此庵荒废了大约400年之久。明崇祯七年（1634），西溪本地人沈应潮、沈应科兄弟购得此处，小筑三楹，延请灵寿寺道宗智一法师和澄之智洪法师住持，并请著名书画家陈继儒题写庵名，“庵四周环水，每逢秋季，荻花盛放，落地如雪，明朝陈继儒取唐人‘秋雪蒙钓船’之句改庵名为秋雪”。二位法师节衣缩食，经数年时间将秋雪庵拓庵为院。拓展后的秋雪庵，前有殿，中有忏堂，后有轩廊及左右观堂，已然成了颇具规模的丛林。

此后历经兴废沧桑，至民国初，秋雪庵已倾颓衰败。民国七年（1918），周庆云购得秋雪庵地基予以重建，大殿规模比前更加宏伟，另增设了历代两浙词人祠堂。20世纪50年代末，秋雪庵被彻底毁损。2005年开发建设西溪湿地公园时，参照清末民初的建筑规制和风格，得以重建。

戊戌霜降后十日秋雪庵祭祀

渔子莲舟成旧地，秋风还恋小芦洲。
诗台花絮唯人愿，画阁雕栏寄客愁。
香案烟弥双浙韵，清溪雪满一尊楼。
承前吴社骚声起，野鹤闲云也炼修。

渔家傲·秋情

欲问秋声何处是。轻舟已转三千里。腕底篆书耕满纸。余话里。雁回已是明年事。　　绿水悠悠云作美。月高只唤星同瞥。双鬓染熏芳草气。心无寐。文情恰似溪烟起。

踏莎行·秋思

梦枕遥天，心行远路。蟠桃会上仙缘度。百花丰韵咏骚情，彩云垂髻沾神趣。　　欲吊先贤，仍歌故土。半生弹指从头数。垂杨迷月乱双堤，何曾留住飘来雨。

金蕉叶·秋凉

空山曲径车尘寂。消闲日、朗疏他适。隐逸骚人，荻花平放婆娑席。席卷柳塘竹石。　　瓜皮载客留名迹。也须寻、百越音律。岁华苾苾，檀心未吐香先溢。总在露凉时悉。

蝶恋花·秋夜

偏有陶家黄菊早。明月轻风，点点银心巧。唤醒卧云推日表。垂成娇梦沿霜草。　　小橹数声苍水搅。柳岸迎时，归雁连三叫。庭院深深人悄悄。烛花漫剪东方晓。

眼儿媚·秋心

星月昏黄竹林幽。惆怅几分收。北山暮鼓，紫云游雁，息岸孤舟。　　横塘白鸟喧腾起，斜影掠城楼。过声朗爽，追心淡宕，旷世清悠。

忆秦娥·思秋月

风声咽。清波褶皱潭中月。潭中月。一檐光补，片席星别。

窥窗攀桂趁时节。飞花入户尘无绝。尘无绝。雷峰孤枕，六桥连月。

喝火令·秋节

素节花常醉，霜田稻已深。政坛贤哲亮真金。强国富民良策，腾悦是乡音。　　雅仕留鸿印，高朋涤鹤襟。揣怀农户结香心。晓有风清，晓有日登临。晓有紫烟东去，一路落龙吟。

南乡子·秋菊

闲趁月欹篱。槛外寒柯浥露蕤。偏爱晨光屏下坐，飞飞。一宿芳英落酒卮。　　酣饮味成诗。几案娉婷腕底姿。梦里吟霜三径老，离离。悴叶黄花宁抱枝。

满庭芳·秋叶落

影落虚明，梦生悲壮，雁程几度匆忙。应酬前世，谁去又谁昌。且趁高秋未散，任由我、佯作诗狂。斜坡上，纵横是醉，惆怅也登场。　　翻飞生绝妙，离形得已，并道斯郎。却留下，堂前兰芷青霜。恰喜三秋桂子，芳醪饮、月殿沉香。金风转，玉箫清怨，皆入《满庭芳》。

多丽·西溪秋雪庵两浙词人祭祀

岁华新，淡天浩莽连堤。入溪滩、茫茫尽是，吴歌千里来归。结炊烟、云山钓岸，静可数、丹柿参差。古柏苍苍，名碑历历，一年霜降又逢时。遍秋雪、深潭幽谷，鸥鸟正南飞。听芦节，缠绵素浪，雅乐仁祠。　　溯风流、功谋踵事，两浙先哲追思。述唐音、衍生宋曲，倒玉舟、渔子灵犀。摒弃尘氛，偏修玉骨，美人香草寓清枝。共鸣廓、摛文斯足，还念矩循规。伸高躅、康庄阔步，长景融怡。

桂枝香·秋声远

凭栏远瞩。正菊桂秋高，别有苍肃。十里枫林似火，塔峰如簇。撑篙操筏西阳里，带湖风、白鸥声促。所思恬淡，当歌笑傲，放飞投足。　　忆往昔、繁华竞逐。叹历代贤宗，博雅相续。胜迹连城，千五百年威福。渊源遐迩成词话，有文人墨客甄录。迄今观止，海天佛国，洞中仙箓。

秋声（四首）

其一

漫步北山梧凤道，空声清越觉幽深。

一条素练庄前水，三径红枫寺后林。

雏菊放开新蕊意，扁舟留系故人心。
秋衣最炫橙黄绿，江左风高急暮砧。

其二

明月歌头梦出神，荷衣湿露绕湖滨。
吴山紫气延春日，葛岭黄花念故人。
扶竹惯看三径绿，卧霞企盼四邻新。
天穷只叹繁星落，不觉前舟已入晨。

其三

天目隐居秋不觉，窗前床下问鸣虫。
推门去看云追月，倚树闲听叶舞风。
涛起夜凉书卷枕，林传琴老乐弦融。
闲闲尽入玲珑地，隔梦抬头又见鸿。

其四

扶雅陶心弄古篇，每当北斗自耕田。
翻开首页清风落，顿觉千行玉露鲜。
学赋不工空费纸，吟诗虽苦少成编。
秋光最赖黄昏景，辞典闲时枕入眠。

西溪文琴之冬卷

（西溪草塘，冻出来的美丽）

水调歌头·探雪

六角妙无限，飞絮竟难分。城西溪域，嘶嘶胡马冷羁魂。侧岸冰凌峭立，漫谷飞鸿盘绕，羽羽共澄垠。借彻骨凝力，崛起玉昆仑。　　湖光透，玲珑佩，浩然存。凤仪龙辇，几度明秀隐晨昏。雪积寒台顽石，竹下低栏徊韵，素日塑芳尊。耕作尚需水，细雨弄沉沦。

捣练子·西溪咏雪

初雪

天野静，絮花盈。青女妖娆三叠迎。眷恋冷香魂不寐，北风小朵送殷情。

飞雪

天宇远，瑞光奇。落景寒天万物稀。飞度晓窗春未隔，断冰残雪亦诗题。

看雪

松柏静，月魂空。玉朵澄新自佩风。漫步雪中方半日，数声吟咏挂玲珑。

伴雪

银瓦灿，竹田明。玉府修行入静宁。踏雪赏梅才起意，跃枝寒鸟落轻盈。

临江仙·风雪散人

耿耿朔云欺软日，寒枝长夜寥然。北风呼叫入川峦。破帘称自大，倚杖引飞湍。　　玄鹤出山多白雪，琼花千树齐肩。峥嵘道上百回盘。人生且信步，绿绮伴华年。

浪淘沙·福堤走雪

目断雪霏霏。骊骥膘肥。孤高一世德音垂。万物向春延寿历，福禄相随。　　呼啸朔风吹。又作云飞。千娇百媚出帘帷。静谧田园存妙厚，淑气来陪。

江城子·雪梦

雪云开碾数峰低。出迷离。隐清奇。众芬馥馥，九域献珍稀。四境天宫原是梦，除梦里，有谁祈?

卜算子·飞雪帘外

飞羽绕缠绵，流水寒生妙。时见冰湖玉蕊开，且等春来到。
银粟隔帘敲，暖阁红炉好。尽赏枝柯入画窗，抱得梅花俏。

江城子·江南雪

六花飞舞妙无穷。既相逢。又匆匆。半壁银屏、耸峭敛眸中。何处俏皮梅几许，联玉树，与春融。　白堤元月水濛濛。背归鸿。潜云龙。清化恢弘、雪霰趁虚空。欲借瑶宫千缕素，风淑雅，数峰恭。

减字木兰花·春声

春牛励志。无限春机由步起。日照乾宫。染得梅红似血红。

碧城春胜。处处东风吹梦醒。梦引时空。过尽梨花似雪鸿。

忆秦娥·寒荷

寒清冽。飞花万顷桥堤没。桥堤没。惟伊励志，玉冠骈叠。　贴云银腊冰湖裂。丹青雕焕蓬尘绝。蓬尘绝。沧波贞魄，静聆春鹘。

西溪雪荡涤心灵

冬天的西溪，依旧保持和展现着她与众不同的固有性格和特色，质朴、野趣、宁静。此时的西溪，雪满园，人稀少。这里的雪质朴中显出高洁与幽娴，野趣间透着清丽与淡雅，宁静下涌动着温润与生机。

举目环顾，覆盖在园内的房顶、树梢、塘岸、草地、桥面和小道上的雪，厚厚薄薄，绵延伸展，松软而平整，润洁而晶莹。不见因融化而成的纵横沟壑，没有肆意践踏的杂乱脚印，更没有游人随意抛弃的果壳垃圾。

西溪雪的朴质宁静，仿佛能洗尽世间的一切微尘，能荡涤人们心灵中所有的浮躁与不安。低头凝视，脚下的绿堤已成雪堤，积雪如被。在阳光的照射下，闪烁浮动着一层浅浅的金黄色，朦胧淡雅，如气如雾，使我在寒风雪地中感受着一身清爽、一股温暖……

明代戏曲作家、藏书家高濂曾这样描述西溪雪景：“因雪霁偶入西溪，何意得见世外佳景。日虽露影，雪积未疏，竹眠低地，山白排云，风回雪舞，朴马嘶寒，玉堕冰河，沾衣生湿……虽未能以幽冷摄心，亦当以清寒炼骨。”（《西溪道中玩雪》）

戊戌年西溪的第一场雪（四首）

其一

苕溪两岸玉花田，瑞雪丰年国泰安。
素朴从来存妙慧，柴门清气绝尘鞍。

其二

银装素裹趣生闲，冷艳清贞玉塑颜。
春上枝头红粉灿，寻香半日到霞山。

其三

天寒地冻色青苍，冰雪严风砌玉床。
朵朵窗花开落夜，净枝布谷早春光。

其四

珠走瑶盘无俗界，风花雪月醉园田。
惯听钟鼓梵门近，残雪非残有洞天。

喜迁莺·雪窗

霰雪灿，朔风惊。天宇落纷呈。似曾银雁啄窗棂。窗外玉光明。　　冰成阶，梅探路。一宿不知何处？凤俦燕侣伴寒窗。亦成侍书郎。

霜天晓角·雪梅

琼枝冻结。一段馨萌发。旋看素娥腮晕，孤风里、残香血。

斯文怀古拙。妙音融皎洁。天府露濡千日，出朗夜、争春阅。

朝中措·梅英

小红骨朵雪前凝。冷艳且安宁。欲展妙龄才藻，别开幽径长亭。　　东风乐府，倾城御气，秀舞娉婷。花港谦谦君子，洪园恬淡精英。

天仙子·雪春

夜泊福堤三尺雪。斜压柳枝根土裂。玉鳞千片借东风，平野没。遥峰叠。凭眺素娥祈吉帖。　　银裹竹田情未歇。冰砌石床还梦蝶。有劳绯绣引花神，春不绝。香衔接。刘阮嫣桃逢瑞雪。

鹧鸪天·守望

交阵天星一片悬。湖天渺漭带苍颜。雪低鱼燕风尘倦，歌尽花魁岁月残。　　相别后，念难牵。几回梦里与君言。青霜一把匀诗里，可望韶光也缀连。

庚子岁末西溪民宿两日

西域溪光好，漾舟如乘风。
衍游未觉远，徊溯缘无穷。
前岸梅正秀，何疑霞色同。
桥连清流转，偶与蓼汀通。
弃舟入民宿，群情惬所适。
朋俦几隽英，风姿隐松柏。
晨新旭耀红，夜沉月铄白。
雅轩奉佛龛，茶座少喧客。
开帘迎杜鸟，披霞入碑席。
露香袭人衣，林月映祠壁。
星光聚天野，明日再登历。
揖别蒋村翁，春浓复来觌。

◎绿蚁醅酒，红泥火炉。结伴取暖，守望清溪。
梅兰竹菊新年贺岁篇

渔家傲·红梅花开

巧笑千红矜百步。含枝挺秀三分素。淑气瑞风回月府。浮影处。红云白雪流金渡。　　南燕留春春也住。妆成窈窕香同故。无意争春清梦谱。闲不住。鬓丝杏雨飞花舞。

木兰花·幽兰分春

独坐小楼春律秉。翠羽素帘堂上靓。新叶佩，不沾尘，倚借信风诗梦醒。　　容得雪霜宽意境。堪笑娇花怜自影。名真格致更传神，襟宇自传芳草令。

朝中措·竹韵清扬

清姿不扰倦慵妆。无语只栖凉。一段蜿蜒山势，周环翡翠琳琅。　　雪残风信，箫声笛韵，诗酒平常。弹指悠扬风颂，也曾墨迹留香。

诉衷情·菊香东篱

种花人自桂宫回。林下问诸随。今年紫蒂何去？仍是梦中题。　　秋雨后，月迷离，谒香妃。蕊黄有信，金甲侍筵，清野芳菲。

西溪文琴之卷五

（西溪文景，休闲典雅，人生若寄，乐是幽居）

西溪湿地文景兴衰始末

西溪湿地经历了漫长的发展演变。原生湿地经汉晋隋历代的人工介入、寺院佛舍的建造和来此处稳居者的增多，逐渐植下了特有的文化基因。唐宋时期，西溪发展趋向成熟，出现了集市，成为西溪镇村（南宋时改为留下镇）。尤其是宋室南渡后，西溪南岸的青山翠谷间建了更多的寺庙庵堂，地域内的秦亭山、白兔泉、洗马滩、桃源岭、北高峰等先后得到了开发。专门开辟“辇道”，两旁育梅栽竹，掘井开泉。西溪河上建造了忠义桥、得仙桥、安乐桥等众多桥梁。并且在今蒋村、五常一带开始大面积种植柿树，使柿子成了朝廷贡品。西溪北岸的南漳湖（蒹葭里）一带也开始建庙造庵，佛、道文化迅速发展。百姓“民乐耕渔”，游客“棹船载酒浮咏”，西溪湿地进入了繁荣发展时期。

明清时西溪得到更快发展，增添了不少新的庵堂、别业、名园、书楼、拱桥，其中的洪园和高庄更是以其考究的建筑、传奇的境遇、浓郁的特色，对西溪文化的发展产生了深远的影响。同时开发了很多人文与自然相结合的新景观，其中的“福胜梅花”和“河渚芦花”成为西溪双绝，吸引了康乾祖孙。

康熙二十八年（1689），康熙帝幸临旧臣高士奇在西溪的旧居高庄，留有五言诗《西溪》一首，复亲笔题“竹窗”二字。清乾隆十六年（1751）年，乾隆皇帝第六次到杭州，游览了西溪并留下了《西溪》等多首诗词。此后，西溪更是引得无数文人墨客、丹青高手和名僧高道慕名而来，或游览，或居住，吟诗作赋，浓墨彩绘，西溪进入全盛时期。民国时期的战乱使得西溪的许多名园古刹年久失修，自然风景遭到很大破坏，但基本上还保留了湿地景观的风貌和野趣的特色。20世纪50年代后，西溪南部丘陵坡麓地带建起大量多层厂房、住宅，法华寺、老东岳庙、留下永兴寺先后被毁被拆。西溪北部水网地带，大片芦滩被改为农田并逐渐废为荒滩。秋雪、曲水、交芦、慈觉诸庵被毁或改为他用，传统建筑基本湮没，前人诗词遗迹、匾额、碑刻不断流失。除了原蒹葭里一带仍存留水乡田园风光，原先广阔的西溪湿地景观与功能已不复存在。

2001年后杭州市人民政府作出对西溪湿地实施综合保护的科学决策，经过十年建设，2010年建成西溪湿地公园，昔日的西溪风貌在10余平方公里的范围内得以重新展现并进一步提升，西溪湿地由此转入以城市湿地国家公园形态的新的发展时期。

曲水寻梅

朱砂宫粉香成海，姿色娉婷抱古村。
梦去天边垂紫陌，情留溪岸入蓬门。
冰清玉洁仙为伴，素朴兰薰道亦存。
绵亘十湾皆福地，虬枝铁干倚芳根。

耕读儒乡

功德肇基良渚行，始留圣迹叹英明。
依山孟子生门道，就水荀卿结社盟。
移榻入林修竹密，赏梅策杖大堤晴。
飞仙拥鹤扁舟到，智者催诗闻鸟声。

竹林问渡

万竿绿竹思超渡，别岸游云寡问津。
徐步清流甘昼寂，闲看轻露觉时新。
不争桃李红如锦，只结菖蒲素是真。
霞客当年舟子去，渔郎今夕作何人。

深潭竞舟

蛟龙出水寒天色，旗旆当关日晕浮。
棹影斡波飞万剑，鼓声齐浪遏中流。
赛舟浪起腾空酷，呐喊声威蓄势牛。
花帽锦衣倾角力，乡邻米粽摆溪头。

端午怀想

朝花榴血酿成觞，屈子长歌岁月狂。
楚地江河沉角黍，吴天菖艾祭祠堂。
美人不舍山川影，芳草常存华夏香。
有道九霄无媚骨，魏徵端坐玉书房。

静谧渔村

临渡结庵垂老柳，炊烟隔岸小船迎。
横塘凫雁任飘泊，蓬渚渔夫守太平。
一脉人文唐宋溯，千家词笔浙闽行。
入眸遍是清粼水，湿翠层层带雾轻。

高庄竹窗

佳茗清欢歌管融，窗前月色几髯翁。
辇幡远道诗迎奉，宸阙回眸雁适逢。
伐石恭镌临渚际，曳霞引笔入云空。
曾留榜草名人迹，花榭竹楼遗古风。

佛慧禅音

翘首天边落日斜，群峰碧湛隐僧家。
密林法鼓无穷境，野寺疏钟未有涯。
雨露开莲承素界，云幡牵月聚银葩。
此间幽邃通灵鹫，江左滩头浣紫袈。

生池饲鱼

些些波面细流声，漾起微澜戏紫英。
放鹤观梅逢雪月，养鱼种竹逐风情。
争吞投饵堪无畏，窥见腾光聚若惊。
一阵浪花芹藻色，游人乐水识虚明。

西溪水道

沿山河道多渔港，潋滟波光夹锐蝉。
云弄日移芦荡转，桨摇帆过柳堤牵。
悄焉白浪倾舷左，忽尔青鸾掠客前。
折藕剥菱时令夏，蒲花四下泛湖天。

西溪春早

二月东风柳岸催，梅腮今始为君开。
渔翁矶钓清潭上，游客船随紫气来。
笑语迎新喧竹径，青山依旧摆琴台。
草堂作赋连春色，一味鲜香画里裁。

早春出行

辛勤撷采花间语，篓篓诗文秀可餐。
笔下芙蓉清气馥，眼前川岭翠屏宽。
钱塘潮汐魂皆壮，江左云飞势可看。
千古风流舒展地，胸中舫艇皓穹欢。

◎人生八雅 之琴棋书画诗酒花茶

琴

林花沐雨自清心，香草伊人共彼临。
莫负苏辛词念念，追随李杜曲吟吟。
一声呼啸山风急，五指回轮水月纷。
情到深沉弦瑟诉，绝尘幽谷遇知音。

棋

棋盘韬略静中看，博弈双扬无怯方。
巧拙由心分胜负，险夷交手任疏狂。
男儿居勇当随势，兵气怀柔不可量。
黑白辽河皆楚地，三军车炮逼相将。

书

臻微入妙墨痕青，腕底游龙独占屏。
落纸烟云连楚府，满堂修竹集兰亭。
小窗听雨书成篆，幽径临池联作铭。
几净双钩摹楷隶，老桩疏影自清宁。

画

花青摇翠胭脂气，彩墨开犁起画音。
活色鲜香魂出落，柔风细腻月晴阴。
十分清瘦初阳照，几度枯荣夕照临。
无缺金瓯多圣境，坐如磐石笔钩心。

诗

每将汉粹诵心头，妙语篇篇气韵柔。
一岭竹篁通梵径，满湖星斗落扁舟。
悠云绕枕江南梦，新月邀茶塞北讴。
投草汨罗同李杜，书中自古善真求。

酒

美酒忠言曾御宴，瑶池玉酿递银圭。
盈门明月当珍重，远岫白云不妄迷。
野老一川梅子雨，游仙十里蓼花溪。
千缸百斗皆春水，山岭持觞夕照低。

花

山水凝神姝子盛，智仁静动织繁殷。
忽来红雨催芳信，幻出清魂展玉颜。
三径怡怡君子气，四郊楚楚美人鬟。
枝高鸟跃云头灿，落雁沉鱼倚静娴。

茶

渊源千古得神耕，本草新遗木灶烹。
非叶非花常在味，闲聊闲饮更生情。
缙绅儒雅垂文化，韦布风流识礼诚。
良玉有浆非俗事，和柔幽远伴骚卿。

◎西溪花朝节花事

春天心情

只为东风蕊早开，柳随桃李抱楼台。
青苞鲜嫩杯中醉，粉朵香浓画里来。
白鹭倦堤情欲动，鸳鸯戏水趣成堆。
竹间朗气酣遨地，月下吟讴出秀才。

百花寿宴

微雨清尘花妙趣，露青为骨玉成肌。
芳情足与高朋醉，新句独传盛宴嬉。
饮月销魂逢赏季，随风弄影赴归期。
携来淑气群山佐，语寄春田和乐辞。

花节观画

未散清怀坐看春，春光漏泄画无贫。
红英环谷云生缎，新燕安巢梦倚人。
笔落三江明月照，图存五岳草堂陈。
一湾油菜金黄贵，芳气开帘请洛神。

四月花乡

轻风习习神舒爽，霞蔚云兴三径藏。
粉蕊向空抛锦带，翠微坐地佩衔章。
蝶蜂采色朵枝乱，游客踏青泥土香。
焉负百花开绮席，冠梳领抹亦随行。

花言花语

春光长绶桂之乡，一路连科棠藕祥。
正午牡丹呈富贵，早朝梅萼示衷肠。
蟠桃果熟三千岁，榴子花开十里冈。
并蒂清莲同到老，芝兰陶令菊篱旁。

云台杜鹃

地僻林深车马少，杜鹃如血烂山川。
金樽遥举朝天路，红袖徐来思月泉。
芳信报时联句借，农人庆历焰花燃。
子规千载啼幽径，蜀帝游魂乐此眠。

幽境兰花

冰根素魄墨开张，浮动清氛羽绕梁。
夺秀分飞青梓殿，流芳纫佩白茅墙。
授衔才子成词客，举试明君伴冷香。
且看陶卿髯戟翠，已先新雨到斋堂。

凌波仙子

楚娇香雪并梅肩，每日春光墨色研。
眼底匆匆新雨过，胸中渺渺晚晴牵。
葩经骚赋惊文藻，云袂瑶瑰入洞天。
剪叶葱葱纤指绿，姮娥肯借月波田。

新阁玫瑰

宫妆并蒂越王台，好似蔷薇处处开。
锦绣春藏红套色，丹青天染粉双裁。
衣香动处流霞影，笑靥人前玉露腮。
夏日玫瑰拈一朵，余香浸手意何猜。

篱笆小菊

笃心妙静赏孤芳，银絮飘萧出殿堂。
呼酒林中邀木桂，题诗坡上晒高阳。
且凝仙界妆台素，未尽尘缘月魄黄。
独鹤与飞情每寄，金衣卿相出寒香。

朱栏牡丹

风流儒雅夕霞冠，谷雨三朝醉牡丹。
倾尽红香非占色，相依草木觉平宽。
暮含慵倦缠绵意，晓抖精神锦绣团。
多是梦中悬彩笔，早将花片寄云端。

香水百合

有道蓬莱善种诗，淡恬不与百花随。
明田白水酣霞落，幽谷青萝细雨施。
择友芝兰饶淑气，入行梅竹仰韶仪。
凭阑西望问王母，御殿仙葩可有期？

◎题清杭州十八景 之藏头诗十八咏

湖山春社

湖畔清风儒雅地，山光积翠钓矶邻。
春来花月多情调，社竞韶箫耳鬓新。

功德崇坊

功名成就列碑廊，德业千秋泽故乡。
崇政安民惟国策，坊街百姓忆钱王。

玉带晴虹

玉宇飞梁入画屏，带环金壁拥朱亭，
晴光宛若游龙炫，虹卷津梁上月汀。

海霞西爽

海楼就座赏风光，霞漫澜桥韵味长。
西傍斜晖东揽月，爽心满口茗芽香。

梅林归鹤

梅开春府暗香传，林地松风喜竹田。
归去来兮真隐士，鹤随逋老到亭前。

鱼沼秋蓉

鱼跃三潭生妙趣，沼肥草美走蛇龙。
秋风潇洒平桥过，蓉影亭亭情味浓。

莲池松舍

莲藕清香正夏时，池田泽雨草龙滋。
松风解缚蟾宫去，舍下嫦娥起舞姿。

宝石凤亭

宝塔昂然气势雄，石床梦竹仰苍穹。
凤来踞此观祥兆，亭角飞鸣绕彩虹。

亭湾骑射

亭水四围营地圈，湾前弓箭马刀寒。
骑兵将士皆神勇，射手镶黄武教官。

蕉石鸣琴

蕉园流韵金沙港，石舫藤萝自出奇。
鸣凤藻龙临雨趣，琴箫弄雅正当时。

玉泉鱼跃

玉池仰兆几青鳞，泉眼珍珠同妙真。
鱼乐纵情阑月转，跃身波及北山神。

凤岭松涛

凤去凰来兆万千，岭花夹道翠烟旋。
松风竹雨幽明界，涛浪回声漫阁天。

湖心平眺

湖开影入虚明界，心系玲珑碧水轻。
平素烟云迷月色，眺中双桨短歌行。

吴山大观

吴庙龙王风唤雨，山亭眺望接云颠。
大观台上御碑立，观景朝登百步天。

天竺香市

天赐灵泉共玉峰，竺三古寺烛光浓。
香烟弥漫观音院，市井曾游佛佗踪。

云栖梵径

云生翡翠笼桑田，栖竹风亭咽细泉。
梵鼓钟声天籁去，径萝僧侣寺空悬。

韬光观海

韬隐于今四海通，光华岁月佛相同。
观台红日大江跃，海市仙山一抱中。

西溪探梅

西城梅萼有仙缘，溪老禅心并洞天。
探似云霞同灿烂，梅之清绝在知贤。

西泠桥

西陵侧畔小桃红，春日初逢系柳风。
山影湖光来相对，笙歌画舫未曾空。
青骢马走长堤上，油壁车行细雨中。
眼底子衿消远去，犹存芳冢望飞鸿。

注：西泠桥韵事典故：古老传说南齐才妓苏小小（钱塘人），一日出游，在白堤遇见一个叫阮郁（南齐宰相阮道之子）的青年骑马迎面而来，两人一见倾心，从此魂牵梦萦。小小吟就诗一首“妾乘油壁车，郎骑青骢马。何处结同心？西陵松柏下。”诗中的西陵就是现在的西泠桥。小小死后就葬在西泠桥侧，现存古迹有慕才亭和苏小小孤冢。

断桥

金山水漫事匆匆，往日缠绵心已空。
纸伞留香多少事，天庭盗草一时功。
断桥桥断情犹续，还命命还缘未终。
待到罗浮轰塌日，千秋至爱证初衷。

注：断桥享誉天下，很大程度上得益于《白蛇传》几段重要故事情节发生在这里。白娘子与许仙相识在此，同舟归城，借伞定情；后又在此邂逅，重归于好。

长桥

长亭相送九回旋，梁祝传奇此地延。
三载草堂生一梦，万丝离绪卧无眠。
人间佳话双飞蝶，坟上悲声几断弦。
何处空鸣天籁曲，欲将凄美说千年。

注：长桥是西湖三大爱情桥之一。一说梁祝十八相送到此饯别，在桥上来来回回走了十八里路，祝英台以物喻情打了十八个比喻，是谓“路长桥不长”；另一说南宋布衣王宣教与陶师儿自由恋爱，为陶后母所阻，在长桥荷花池头双双殉情。

西溪文琴之卷六

（家住西溪）

沁园春·家住西溪

道古人家，几辈风流，圣德一方。念紫云山麓，丹砂着色，西溪文院，旭日来光。四海交游，群儒坐对，似此先贤奉玉堂。千竿碧，兼征程万里，气势非常。　　当时一派春光。故回首、新苗成栋梁。有心如莲月，修文铭志，境同柏柳，寡欲清扬。过隙骊駹，忘年梅竹，知遇尊前龙与凰。启真苑，伴诗书卷卷，黉舍生香。

注：原杭州大学道古桥河南家属宿舍，位于当时沿山河西溪河边。宿舍于20世纪50年代初兴建，杭大人几代居住。现有部分建筑列入杭州市市级保护单位重点文物保存。启真苑，今浙江大学西溪校区教工家属宿舍，其中大部分住户是从原杭大道古桥宿舍搬迁过来的教职工。

◎重返原杭州大学道古桥家属宿舍得句

道古桥边

宝石山门观昊天，长亭古道月常圆。
千年桑梓蚕花白，一片牧场牛乳鲜。
洞府龙涎交紫霭，玉沙泉眼涌清涓。
回环雒诵田园趣，五彩风筝上碧巅。

西溪沿山河

门口清溪伴竹桥，沿山河里日生潮。
经商船队余霞送，漕运俚歌晨旭邀。
侧岸农田苗已绿，并堤天目路通遥。
追莺扑蝶桑林绕，笑闹童儿趣味饶。

发小

西溪儿女西溪范，应是天真志尚连。
豆蔻吟中修远志，髫龄梦里荡飞船。
恩师昨日犹今日，少小新年胜旧年。
明月清风吾共有，传承所贵在文渊。

早春聚会

寒天三九发琼枝，竹马青梅聚乐池。
逸事交融吾与汝，素怀萦绕梦和诗。
连台歌舞开生面，隔席年华递笑资。
淡泊修心人赞颂，岁年静好夕阳时。

2008年、2016年回母校先后参加学军小学百年、学军中学六十诞辰校庆

玉树临风明校帜，少时两府度春秋。
园丁挥汗禾苗壮，学子寒窗桃李稠。
几上高山情揽胜，曾沿碧水梦寻求。
小诗迟寄西溪院，也佩文徽入浙流。

丙申国庆紫艺阁师友聚会

艺阁喜相迎，青山连坐情。
紫霞杯里满，明月雁同行。
往日飞歌悦，今朝笑语盈。
清纯君子性，玉树展明旌。

◎浙江大学西溪校区读书轶事

咏浙江大学人文学院

百年黉舍西溪岸，流水源长别有天。
博硕同文承一脉，专家至哲探无边。
育才致力千秋业，笃志求知百日篇。
总在春风四时里，种成桃李继前贤。

夜读

江南学府播春雨，细润无声气象融。
夜课攻门经济悟，职场亮剑契机逢。
但将政治成专业，且化中文为底功。
半世烟云皆散尽，隔窗还伴夕霞红。

学声乐

几度沿溪寻丽景，抚琴练曲冶精神。
赏心励志成歌者，乐事勤耕仿古人。
惭我夕霞余梦里，得师音律一身新。
美声缘起西洋剧，五十登台尔乃邻。

学诗词

西溪还我少年狂，为有情怀诗赋藏。
唐宋诸家开气象，峰峦万丈斗文章。
王杨卢骆推敲细，李杜苏辛风骨强。
更喜知音同月旦，长亭古道趣弥长。

戊戌三月诗会

三月风吟扬国粹，南华园内看春深。
书堂尽染丹青色，学子争传龙凤音。
柳絮飘萧来作客，语莺环顾似听琴。
师生扢雅同台戏，诗画成屏入碧林。

不老吟

坐地抚琴心且平，玉堂吟诵仄扬声。
书声琴瑟两相和，和气盈通福满城。
诗酒花茶寻得见，侣僧雅俗有偕行。
千秋明德逢佳境，四海传经不为名。
窗外窥花微哂笑，院中老衲乃儒英。
汝们闲坐何能耳，难得糊涂方位清。
诗礼新诠挥笔走，弦歌六艺习章成。
相携池阁话吴越，好借湖山琢益精。
直向诸峰敬周礼，犹挥双桨逐风情。
素香盈袖古今阅，棋局通盘国事评。

癸巳元旦乌镇漫成

早起梳妆小镇行，春光与我共开晴。
老街深巷流年去，莲寺清钟兆岁迎。
带雨梨花邀燕舞，经霜檐牖照灯明。
坊诗法酒诚堪贵，自古冰心赤子盟。

癸巳仲春游茅家埠

雨过风轻细草湾，拾来新翠满心田。
上香古道梵音静，老渡浮桥佛事湮。
试桨悬帆云欲渡，平波斩浪志弥坚。
惊腾凫雁飞高远，四友飘然趣似仙。

一剪梅·甲午孟冬登西溪印象城楼顶怀想

陇首霞云峰顶挨。夕照山林，霞漫溪崖。意犹切切上高台，心事弥怜，约去蓬莱。　　月宿东山星满街。梦有真趣，万籁逾涯。此时谁解俗家情，淡泊功名，远了尘埃。

青玉案·戊戌暖语

东君暖语花清丽。似总为、高城意。宝马雕车香满地。鼓箫威武，凤龙腾起。恰好春联辔。　　桂华皎皎星槎彼。璧彩嫣妍影相寄。只顾天台观锦绮。玉田瑶草，藻葩琪瑞。偏倚韶光醉。

◎原杭州大学道古桥宿舍发小聚会

诉衷情

青梅竹马旧时群。二月聚家门。村头花庭檐下，皆是有心人。

围一桌，乐纷纭。叙情亲。雪湖西畔，塔峰北望，尽是韶春。

临江仙

粟子衔来千万，轻丝燕侣周旋。迎眸芳草绿芊芊。鬓云花露秀，晨彩曜光鲜。　　梦里乡愁何断，湖中星月团圆，年华将暮奈何天。残枝孤带雪，竹石玉壶前。

更漏子

井庭红，帘幕翠。赴宴俊仁姝丽。十五月，桂花醅。清歌串酒杯。　　浮生醉，劳神累。邻座与人顺遂。春一曲，暖千家。门前棠棣花。

滴滴金·丁酉年仲夏与旅美发小王洛夫同学欢聚

笑声隐隐春消息。那时花、满园赤。一霎流光鬓丝齐，过春梦春日。　　匆匆同桌共筵席。堪回味、此时刻。无限纯真见心仪，问甚时疏隔。

满庭芳·晚情

保俶流华，香花伏岭，北山螺黛烟云。岁来时往，寻忆故人村。几处楼头落雁，不舍去、气象重新。逾恒久，柏松苍翠，幽隐出闲人。　　当年为福地，东邻胜侣，南结儒门。慕君子，冰轮常共清樽。更有人文众彦，倚书阁、教化相存。延今日，碧空星斗，低咏向晨昏。

注：杭州大学历经百年育英求是教学活动，在半个多世纪里，杭州大学道古桥宿舍曾居住过陈建功、陈嗣虞、陆维钊、夏承焘、王驾吾、胡士莹、陈立、姜亮夫、林淡秋、孙席珍、严群、黎子耀、严德一、张君川、陈书、王承绪、陈企霞、胡玉堂、江希明、任铭善、陈学恂、蒋祖怡、鲍屡平、白正国、蒋礼鸿、周洵钧、倪士毅、管佩韦等学者。

下辑

西溪文琴

西溪文琴之卷七

（松楸余荫，梅竹清风，美丽杭州，诗影结社）

◎杭州西湖印社

水调歌头·贺西湖印社己亥年会

印谱省佳句，字字见高情。文坛嘉树，诠释方寸溯源清。一段碑亭遗迹，不但金文相契，扢雅共苍庚。刻画似兰臭，遁隐也怀铭。　　当景盛，甘霖沐，冶心灵。碧云高阁，顽石终始见瑛明。楼外桑榆非晚，月下追秦摩汉，际会佩龟名。师友怀良德，岁月傍清平。

贺杭州大剧院联合西湖印社企划《舞勺之年》精品剧目回顾篆刻艺术展活动圆满成功

同是钱塘爱乐人，志怀高雅趣成仁。
印传东汉开晴日，弦动西方起秀轮。
歌剧美声冰雪范，篆工书法艳阳春。
无边风月平章举，此地梅兰最善真。

贺西湖印社成立三十周年

西湖篆刻若高阳，一纸宣和拓墨香。
白首有灵开地藏，初心瞩目蕴天章。
春秋史记颜增色，唐宋诗篇玉琢光。
斗下经纶悬太白，云间焜耀夹纤刚。

贺松风印社成立三十周年

而立之年硕果盈，湖山秀色聚群英。
好风常度梅兰趣，新雨弥添石竹情。
秦汉印章扬国粹，碑林翰墨著文明。
潜心抱朴勤为贵，共举旌贤事事成。

篆刻

弓刀不怠到凌晨，日送春秋白发亲。
窗里琢荒千遍理，案头飞屑每朝新。
如痴如醉掌中物，同史同宗卷上宾。
喜有斯人承古意，篆文金印取纯真。

点绛唇·春早

微雨方收，飞莺啼处君行早。六桥当道。傍水寻花俏。
印结炎黄，石有秦碑老。思不挠。鬓霜多少。寒暑谁谙晓。

浣溪沙·春牛

春杖春牛过雨新。清辉随影路无尘。四时俯首乐耕耘。
坚守田园何所望，一场春典善缘囤。牛郎原是世中人。

诉衷情·印家春行

柳风梅月展高台。清气出尘埃。晴光穿牖毹暖，催拨朵枝开。

回气韵，步云台。聚贤才。西泠府邸，滴血成辉，玉石生材。

举国一致
（己亥春题西湖印社《五十六个民族》印册五首）

其一

举世闻名华夏强，国逢七秩业辉煌。

一肩使命雄心在，致富安邦事共襄。

其二

举世闻名华夏强，列朝列代展锋芒。

诗词唐宋元生曲，四大文明今古扬。

其三

国逢七秩业辉煌，凝聚民心富梓桑。

盛世高端惊世界，海棠依旧志高扬。

其四

一肩使命雄心在，特色中华取小康。

丝路绵延民族梦，腾飞经济势头强。

其五

致富安邦事共襄，城乡变化美名扬。

经商科技谋新业，绿水青山酒更香。

水调歌头·题西湖印社许恩真老师杭州峰会工艺品向日葵

神色飞天外，吉第委苍穹。金钩银线，豪夺天地靓新容。如雨缠绵高下，似月流连穿引，八叶慕东风。新绿自裁剪，语日耀长空。　晨光聚，丹霞佩，紫云重。清辉映盖，明德盛世意相融。春咏轻风丽日，秋赏芙蓉桂子，故土见真功。梦守钱塘爱，不舍太阳红。

受恩深·咏杭州西湖印社

雅致连云渚。明堂开印府。万竿修竹聚茶坞。扯秀色方圆，秉执石刻先尊祖。偕侣寒梅素。闭户谢尘嚣，挥袖独处。　妙契其微偏得趣。胜慨斯亭，能有韶华常住。抖擞出重阳，老碑拓尽千年谱。沉迹深回顾。觅双汉渊源，六书晴雨。

画堂春・咏笔

和铅舐笔著丰碑。弄毫鸦蚓如飞。兽毛篁管做梁桅。心劲锋锥。　　纸落称其豪迈，摇空势若戈旗。道人摛藻作无为。仙掌含思。

画堂春・咏墨

墨池照骨映名川。构成隶篆诸蕃。漭泱青黛五千年。蕴蓄天然。　　润泽陶泓言志，安怡爰默神闲。欲将春瀑砺磨研。余味醇鲜。

采桑子・咏纸

徽坊宣纸方圆举，风卷清柔。风卷清柔。水土丰源、龙脉此长留。　　裁云厚重三千尺，聚合悠悠。聚合悠悠。诠录功谋、锦粲岁华求。

浣溪沙・咏砚

拔势横来砚底酣。墨家骚客大渊潭。史编出处绽清廉。
得地千般何以许？山斋依旧竹松嵌。沉吟鼎沸月风含。

◎浙江新时代诗社

凤凰台上忆吹箫·新时代诗社成立二十周年有感

诗絮云擎，赋频湖漾，历头双十韶光。任雪梅纷缀，草径生香。舒卷城乡地气，春序曲、岁岁思量。徐来瘦，枝藏豆杏，叶透新篁。　　央央。切云散雾，烟水荐苍凉，取则浑茫。忆太莲坡老，呼酒骚肠。今得潮流风貌，承大雅、依木求凰。牵情处，颠题乐酣，浙韵锵锵。

虞美人·早春

东风昨夜香初袅。点点飞红俏。朝来菱镜照妆新。相看金钗银燕、似争春。　　芳园锦簇风光好。倾耳花嫣笑。踏青穿户竹桃边。邀约梅妻鹤子、荡鞦韆。

桃源忆故人·望湖楼

湖风弄柳姿犹纵。欲载流霞舷动。渡口飞鸿迎送。声与波光共。　　春心花语谁人种。去解一帘幽梦。楼上挥毫吟诵。试火新茶用。

醉花阴·说柳

柳拔千丝莺起早。飞影传流照。人在翠阴间，欲驾轻风，兴与杨花搅。　　此时已见秾华妙。鬓染陶斯姣。堪羡碧潭边，钩带斜阳，独倚佳人俏。

虞美人·桃花

一枝如玉春光溢。敷水云霞丽。娇憨无奈惹人亲。独步红尘蹊径、好天真。　　坐之不怨嫣红侧。尽展佳人色。阮刘还识旧无瑕。守得绛唇点点、面如花。

谒金门·流声

风肘掣。划破一堤湖水。一种行吟开碧绮。逐波浮漾濞。

柳管轻吹月邸。梨雪翻飞花气。绩梦清泉凝玉髓。大千移画里。

鹊桥仙·秋

征鸿逐鹿，孤帆流桨，高热一倾千里。山门急雨到湖滨，尽洗却、撩天暑气。　　凰桐似锦，鸣蝉如醉，皆是一番秋意。红绡翠盖织新凉，岂又管、黄花遍地。

一剪梅·岳湖鼓乐

梦侃楼台万种情。鼓乐欢欣，思绪翻腾。行歌漾月景升屏，旋转霓裳，挥舞云旌。　　夜隐平波数点星。玉露流光，鱼雁轻盈。洲头鹤桨晚来迎，牛女回乡，瑶瑟泠泠。

西江月·钱塘醉话

狂者酒酣惊梦，诗风脱袖炎凉。三更似醒卧舟旁。摘取繁星鬓上。　　望断东暝霞色，开弓龙箭云光，时驱万里羽旗扛。把得钱江潮浪。

点绛唇·秋夜

新月投栏，快风一夜星芒走。素怀晨漏。青桂横窗口。

寄语调弦，试把仙门叩。聚四友。意凭醇酎。陶令东篱后。

人月圆·思乡

几回新露添凉意，浓淡适罗衣。江南游子，孤鸿影里，思念家时。　　出迎老少，纶巾羽扇，笑背东篱。桃源好客，秋风唱罢，月有灵犀。

江城子·北街寻梦

北山街上雨新晴。竹风轻。月楼明。并蒂莲花、出水笑盈盈。官邸霞湾几只鹭，姿有意，影娉婷。　　忽闻山脚起箫声。似离情。与谁听。梧凤之鸣、眷念是湘灵。那曲如蓬何是醒，仍可见，远峰青。

画堂春·葛岭香花寺

溯源且复入山围。连阶小雨霏霏。石泉清浅竹禽啼。寒去春回。　　葛岭道家独上，凭阑手捻香枝。炼丹挂衲隐仙台。抱朴先知。

注：葛岭，道教名山圣地，位于杭州西湖之北宝石山西面，相传东晋道士葛洪曾于此结庐修道炼丹，故此得名。葛洪，别名小仙翁，号抱朴子，为东晋道教理论家，著名炼丹家和医药学家，著有《抱朴子》、《玉函方》一百卷（已佚）、《正统道藏》、《万历续道藏》等。

悟道

积些善事感天地，做得凡人寝梦安。
能用身修心也易，欲行志节意非难。
太虚教诲甘寥寂，大道玄机识涅槃。
秉性多为存妙厚，山门养慧悟平宽。

读透风老师《家》

儿许湖湾育李桃，天天琐事缚心高。
儿孙不懂还童趣，岁月投缘续楚骚。
夜赋挑灯君不怪，日炊备菜我辛劳。
同堂四世天伦乐，有梦同行莫碎叨。

戊戌秋日游湘湖

秋光两度适逢晨，十里湘堤秀色新。
佳酿未开人已醉，轻舟已过水无垠。
蘸波鸥鸟连声唤，踏浪诗花一路巡。
吴越相传沽钓客，逐流遣兴入氲氤。

北山街重阳遣怀（辘轳体）

一年一度又重阳，菊放金红木叶香。
昨夜荷塘观月色，老黄一片坐高堂。

怒发天兵铠甲黄，一年一度又重阳。
枫林如染丹霞色，岳武灵威耀故乡。

秋风萧瑟气苍凉，桐凤当街菊荐觞。
醉倒北山成烂漫，一年一度又重阳。

读阿南诗友《重阳》有感

闲将尘世作歌场，远近高低曲自扬。
捧得离骚芳草地，且吟陶令菊花堂。
艰辛本是人间累，愁苦更须乐中昂。
好雨乃春时节在，天天呼酒慰诗肠。

画堂春·访钱王祠

柳风环绕粉红墙。建勋射弩钱王。迄今朝寺空遗棠。竹隐棂窗。　苏子撰文碑记，安民保境贤良。朱门御气贯长廊。吴越时光。

好事近·戊戌春节随外子回乡

田埂雨添花，花动一湾池水。行至老村深处，见梅红篁翠。
莺儿环绕春枝梢，前山彩云至。久立古藤窗下，似暖风陶醉。

卜算子·仲夏祖孙登葛岭

林气漫无疆，峰色眉间蹙。此去幽深隐道庵，缥缈烟霞处。
泉里洗器尘，祈愿香花祖。羽羽随肩不肯离，共我青山路。

望海潮·己亥腊月廿三与胞弟赛克游云栖竹径

松篁幽胜，林泉旷味，僧家自古相邻。灵隐晚钟，双峰去雁，悠悠鸟篆苍旻。云影掩鸥群。聚亭候明月，澄洗心门。浅醉流觞，卧龙楼阁侃经纶。　　回眸百代人文。有禅师拔俗，帝子传神。蚕户宋村，菱歌越境，熙熙把钓锄耘。磦碣错纷纭。阁顶观气象，兴转氤氲。夕拾朝花美景，遐迩忘时辰。

金缕曲·北山竹

竹子随清晓。雨敲帘、又闻莺语，塔风叨扰。栖得高台开晨雾，飞舞黄龙来报。投影处、湘妃窈窕。抱朴结缘生自爱，挺丰姿、迎迓鸿宾到。欢喜泪，洒多少。　　庄严正值当年少。系云根、平添淡邈，蕊宫蓬岛。无数黄花依荣耀，迤逦山坡芳草。入寺宇、韶华静好。志结青霜成玉妙，焕礼仪、钟鼓慈彰效。诚可贵，愿偕老。

烛影摇红·里湖梦

湖染霞脂，翠峰叠巘琉璃厚。当年宋玉感悲凉，揄瑟长堤走。忽见金波翠柳。似江南、春光蕴秀。几回牵景，景里生情，因情念旧。　　邈渺三杯，浩虚更聚千尧寿。当时丹井并黄花，香火黏星牖。云渐秋声广懋。唤婵娟、轻舒罗袖。楚骚千首，玉露盈池，莲腮清瘦。

贺新凉·咏京杭大运河

湛湛江湖水。出京都、轻舟往返，碧波摇曳。临眺倾杯连峰醉，惟有川原饶美。更好古、乾隆逸事。嗟叹隋亡为载运，聚舜民、凿掘逾千里。惊骇俗，足青史。　　穿花泄月歆城市。汽笛声、白鸥绕鬓，凯风擎帜。遥望虹梁经商队，恍似云台接地。咏夜渡、苏杭张继。埠口沿街鱼市早，置富仓、漕运无穷矣。吟水调，应昌世。

念奴娇·龙井新茶

妙哉龙井，溯悠悠青史，千百余春。契味明前醪露合，清绝佳茗佳人。碧汉凝精，清泉流沸，烟雨织芽椿。天香仙籍，得应珂月澄芬。　　山水灵秀钟情，云台雾顶，一探雨纷纭。十二辰青涵黛色，宽袖烹啜柴薪。为吐龙吟，来惊诗梦。融五岳晶轮。药抽金穗，日新温故安神。

浙江遂昌文景四咏

其一

旗帜飘扬丽水南，仙霞绝顶映山岚。
偏州御气涵金矿，盛世风徽耀碧潭。
啸咏文才惊俗语，推敲唱合不孤谈。
牡丹一部尊无朽，四百余年瑰丽探。

其二

喜见诗林扬校帜，春涛涌起稚声高。
教将文史牵明月，学藉吟哦仿谢陶。
此日韶华勤撷藻，他时绮梦颂箫骚。
递传薪火披肝胆，绿树行行引自豪。

其三

绿色氧吧多胜侣，养生福地未弥虚。
霞间秀水神灵佑，斗下深林宝藏储。
峪道弯延悬瀑布，峰峦叠巘入仙居，
清风和韵迎高士，种玉骚坛喜结庐。

其四

平昌聚会遇群贤，美酒三樽曲赋研。
婉约才情同宋女，雄浑气格似坡仙。
朱霞染鬓身常健，湛露澄堂志足坚。
拾级攀寻神浩荡，襟怀云水梦齐肩。

◎清音诗社、浙西词社（民间）、三江口诗社等

戊戌腊月初六雪中寄怀

穿牖而来白絮吹，破帘相与北风嬉。
古台摇落寻康道，野径腾飞赴险巇。
盛世天边唐宋景，斯文堂上鹤梅词。
朱门龙裔圆心愿，诸事祥和尽入期。

注：朱、诸这里谐猪音。

步韵恭贺吴亚卿先生七六初度

水秀山明又一春，老师鬓影染霜辛。
清音入席风徽在，新赋同堂翰墨亲。
道映儒林推典范，义为群表率天真。
撷来文景琉璃月，照彻江南东海滨。

附吴亚卿《七六初度》（二首并序）

昨岁七五初度，曾拈一律，但以自存而未广传。日前承友生提及，复启吟怀，乃叠元韵，竟成二律，藉摅素抱。唯境内疫情渐歇而域外输入犹多，未卜何时尽靖毒氛也。

其一

七五弧辰又一春，七旬晋六淡酸辛。
抚膺但觉时光疾，举目益增书卷亲。
不羡珊瑚列于库，且从李杜得其真。
还期月白风清夜，妙句吟成幽涧滨。

其二

岁岁年年屡咏春，承先启后敢辞辛。
门前桃李姿何艳，案上文章手自亲。
节近清明惠风畅，性多耿介素怀真。
交游万里南和北，未限山颠与海滨。

浙西词社富阳创作基地挂牌有感

今赴灵桥为揭牌，诗词到处共吟怀。
出城顺水无虚往，同道交朋喜得偕。
照影犹为千里雁，归根更识百年槐。
潮生明月曜江左，风物东西未有涯。

思佳客·吴亚卿先生《浙江名胜留题》《中华名胜留题》读后

吴老赠余三册书。寻幽揽胜见规模。名山事业垂青史，福地风光映草庐。　　同朗月，仰鸿儒。诗词联赋气和愉。钱江哺育情怀雅，国粹传扬页满珠。

参加清音国学高级研修班有感

谈诗论格乐飞觞，酿古涵今聚一堂。
万里青冰神应景，千行朱墨字留香。
弘扬国粹同时代，传播文明继汉唐。
天目林涛风语壮，山川秀气结琳琅。

己亥孟夏涌金楼雅集感怀

千载涌金楼，而今大雅酬。
词和明月近，韵共碧波流。
绵柳连春后，晨莺接夏头。
师生同墨秀，情趣自横舟。

端午香袋

香袋非凡物，伊人镜匣前。
镶缠红锦线，交织翠条边。
入药熏能效，烹茶醉可眠。
夏来罗袖素，禅坐若含烟。

词派吟·江南有词家苏柳李朱词以记之
韵依吴亚卿先生自度曲

以声度曲文琴弄。铁板铜琶标格颂。史举东坡，清新豪健，浑雅神情动。仙心耀月，世眼珍奇，苏诗天籁种。　宋之三变，自成婉约一家。平康小巷，画鼓喧笳。浅斟低唱，柳腻月华。漫藏风韵，换羽移宫人物夸。　易安词，杯深魂灿。创意出奇，女史苏辛长卷。豪情倜傥，雄浑悲慨，引翼高飞雁。其心寂静，人天恨远，秋水堪愁怨。　彝尊传浙脉，清音词采连绵。文心联席，豪婉齐肩。云开玉宇，扬历前贤。千年家国，绿水青山锦绣篇。

思佳客·次韵吴亚卿老师
《大词派杭州雅集迎宾辞》元玉

养志丰神共载春。词联逸社结嘉宾。湖山着意留风月，岁律无痕久旦昏。　参妙谛，识灵根。秀峰几出净嚣尘。再添烟雨江南味，更有钱塘文脉殷。

附吴亚卿《思佳客·大词派杭州雅集迎宾辞》

六派联盟三阅春，者番杭郡喜迎宾。海虹印务新科技，天目山光共旦昏。　　尊往哲，励来人。词坛振刷净烟尘。一堂济济风云会，协力同心情更殷。

2019 年 5 月 13 日

戊戌冬月参加清音诗社已故元老纪念会有感

清音已动卅余年，祖席离歌下九天。
篝烛燃花迎亥岁，星台挂月结仙缘。
拥来春意犹回面，别去秋情更并肩。
绿盖红幢才半卷，诗心大雅续先贤。

己亥春月大词派杭州雅集感怀

相应鼓桴今结盟，朋俦坛坫共芳情。
江南门派文星灿，袖里乾坤朗月轻。
源溯清空扶正脉，工雕璞玉出瑶瑛。
铜琶铁板传新意，满目春光淑气萦。

贺芝兰姐《沈香集》出版

蕙质兰心若风翔，如邻玉树品非常。
曾韬寒雪廿余载，终起清波一集香。
诗社学风容我敬，文坛正气与人匡。
长吟击节成时候，两浙云帆万里航。

贺浙西词社、三江口诗社己亥年会

诗词温婉正芳年，立意堂皇气象千。
唐宋大家堪比翼，江南六派乐齐肩。
近湖东阁文琴诉，隔寺西窗巧赋连。
龙井茶香萦肺腑，清音胜境梦无边。

菩萨蛮·庚子仲冬参加清音、浙西两社年会有感

早梅始发东风暖。暖枝再发新梅灿。淑气入书堂。堂前三两行。　词林凝正色。学海拥骚籍。此处有韶光。追游漫雅香。

水龙吟·庚子盛夏承诗友陶益萍雅意相邀清音诗社师友八人同游泰顺

夏深隐逸山中府，诗友芳心双对。彩衣造访，青灯引兴，玉肌温理。喜拥氡泉，不思归去，水风摇醉。亦随玫瑰香，盈盈许久，迷云月、松篁倚。　叹我廊桥盛世。溯渊源、缭人神致。梁编拱木，卵形潭石，瀑悬岩鼻。也作飞花，灵氛驱策，坦怀澄霁。念吴门睦族，齐家孝道，仰平生志。

贺新郎·庚子处暑清音中国行游嵩溪

澮澮青溪水。百千年、与风起舞，与山酣睡。流到江南嘉祥地，承载敦仁礼义。谒望族、梁悬箴诲。邵氏徐宗绵嗣后，变沧桑、梦枕华胥史。时不废，始成市。　竹松作配千秋气。获灵根、雍雍妙契，蕴含清毅。敲响金钟应无际，随处韶光见祉。更殚尽、尘氛俗媚。拱峙群峰同临眺，试新茶、聊慰村乡事。来往客，思明睿。

永遇乐·辛丑夏清音国学高研班师生参观吴昌硕故居有感

昌硕如名，好风如水，文景无限。安吉儒乡，鄣吴竹镇，浩气轩堂满。流连忘返，溪南静室，赫赫哲贤珍献。岁悠悠、增华修教，馆藏石画行篆。　　炎黄一族，诗词千载，扢雅任重途远。翠谷天高，丰潭涛涌，当数人中彦。古今圆梦，何曾懒怠，总在旧章新典。此时更、骚坛赤子，为诗乐善。

沁园春·有怀中国泼墨画家张大千

俯仰大千，旭霞仙界，九百沃州。正晴烟生翠，森森秀木，轻涛通澈，莽莽高丘。煮雪凌霄清绝境，更明月银星临画楼。晨谒处、竟空山泼墨，神魄羁囚。　　斋堂地荒岁老，结齐梁溥北，倾笔筹谋。念窟中蹲守，佛头挞拓，青灯黄卷，封壁三秋。梦里光阴应盛景，便放纵韶华真力投。撩志趣，看花青织染，赭色浓收。

满江红·有怀浙江乌镇籍文匠茅盾

初晓来时，正守望、千顷翠澜。鸿鹄志、粗袍醇酒，翰院儒贤。并驾雷鸣生闪电，相从急雨舞狂鞭。呐喊声、子夜举旗人，呵笔端。　　神交处，民乃天。结镰斧，赖文渊。作救亡先驱，漫步雄关。道是清辉环雁宇，一篙春水跃龙巅。足匠心、评论识精深，成史篇。

烛影摇红·有怀浙江宁海籍现代画家潘天寿绘荷

擎盖佳人，锦云压髻晨光透。瑶台荷泽夏时时，姿弄娇波久。早已青裙粉袖。与蜂儿、盈盈斗秀。几回临墨，墨泼颐神，提神久寿。　　怒放芙蓉，气和魄爽频回首。逢时文藻若虚明，煊赫晴霞厚。且待潘公酝酒。绽新奇、赪黄相偶。韵间幽朵，漱石泉边，魂生清瘦。

永遇乐·有怀浙江鄞县籍书坛泰斗沙孟海

掩势如虹，神来徐久，锋力无比。自卷珠帘，同书宝殿，兼擅行楷隶。恢宏日月，诸公衮衮，过隙讲坛骐骥。百千年、参登圣序，尽教墨客承继。　　西泠印社，同归胥宇，碑派帖家难计。拓展朱文，研摩天玺，经脉传真谛。岭湖之胜，擘窠赙首，突显普光浑济。织华锦、先求笃正，再思险忌。

水龙吟·有怀中国音乐家聂耳

战场还似当年，匹夫有责江山保。吾之血骨，城之铺筑，救亡时到。动地狂飙，撼天笳鼓，威昂龙曜。浩歌惊神鬼，军民义勇，夺疆土、无闲少。　　尽向光明赴召，出长庚、启明东晓。疾思奋笔，镰锤开道，气和彰诏。传颂工农，织罗五线，檄书香草。壮怀民族梦，丰碑隽永，后人钦表。

◎中秋诗笺

辛布尔

中秋月

银台桂殿影沉沉，吾伴清光入夜深。

千里真情同皎洁，更融水调太平心。

郭星明

戊戌中秋步韵和赠布尔同好

皎洁银盘玉璧沉，相思此刻最深深。

千言问作一声好，桂子馨香表我心。

陆雪沧

千里真情同皎洁，更融水调太平心。

纵来风雨凝冰雪，诚与梅花共一林。

朱晓明

秋风玉兔起乌沉，泻落银光照进深。

一夜无眠思万里，临窗翘首客乡心。

蒋荫炎

戊戌中秋

节到中秋夜似银，思亲怀友念恩人。

焚香为祝身长健，拜月花前寄我真！

张泽华

中秋快乐

竹木近云端，雨新同翠山。

诗情胜过酒，佳节共欢颜。

金闯礼

昨夜中秋，草吟七律一首答辛布尔

子夜放飞欲遨游，广寒宫里度初秋。

金乌折翅繁星起，玉兔捣声长夜留。

幻境荒蛮难不悔，神仙寂寞也生愁。

今知皓月虚光事，遥望人间一梦休。

朱汝略

戊戌中秋将近连日晚间多雨网间遂夥听月之作因为月食记忆

忽报光明被狗吞，一村惶惑尽丢魂。
爷掀百孔火笼盖，孙扣千疮瓷面盆。
老子其犹犹过隙，圣人之过过犹尊。
寻常七百廿回合，烟锁池塘柳眼昏。

◎庚子中秋词境

醉春风

淑气连峰近。樽前徒郁闷。芝田何处不朦胧，隐。隐。隐。迷惑星槎，结成波练，杳沉音信。　　梦有穷时尽。虚明何曾问。女牛天上未能酬，恨。恨。恨。惟有蟾光，补亡一片，寄伊方寸。

鹧鸪天

织女千年守殿前。秋来桂气醉红颜。梭巡钩起相思泪，裁锦嗟无土木源。　　应有怨，未容言。几多眷念化陈缘。今宵独仰蟾光灿，只恐牛郎隔俗田。

锦缠道

雨正潇潇，落处万梭穿碌。浣花叶、根萌同沃。琅玕别院谁家烛。炯若游中，照引篱笆菊。　　有南归雁声，耳旁低促。又秋风、逝年拼读。念故居、快马莫踟躇，应时花溅泪，却是思乡曲。

一剪梅

泉水清澥菊又黄。装得诗囊，丢了衣囊。杭珠徽玉萼江苏，原是陶翁，来约刘郎。　　酒力风高啸汉章。倾覆松墙，推倒山床。冰霜久历笑疏狂，你我同窗，寒苦何妨！

南歌子

妙语沿阶落，清吟入涧流。朋俦邀约北山游。独向画屏箫鼓、诵经楼。　　道观原无境，莲池寄我舟。只闻《水调》起《歌头》。不想峰回月下、转新畴。

◎浙江歌舞剧院合唱团

渔家傲·贺浙江歌舞剧院合唱团成立二十周年

鼙鼓铮铮兵马壮。竹溪花浦曾同壤。转战廿年徽帜朗。情绽放。京腔列阵杨家将。　　啸咏声声天外荡。平生志向风中畅。古道塞尘分部唱。传信仰。钱塘帆力开嘹亮。

浪淘沙·随浙江歌舞剧院合唱团赴沪与上海爱乐交响乐团合乐

鼓乐挟高腔。气韵堂皇。南征北战志轩昂。滚滚风烟声作阵，血色苍茫。　　旋律出东方。无限辉煌。管弦风度慨而慷。长笛乐池情自酿，醉了群芳。

卜算子·参加浙江歌舞剧院合唱专场音乐会

红萼上青枝，玉树云屏侧。时见流莺绕华堂，也唱春天碧。

歌出月邀风，未了灯延客。一刹流声肺腑新，美的春之律。

漫吟合唱（奉韵岑参）

君引领过百川，聚海边，大地结香香透天。
明台四壁风生吼，银幕繁星大如斗，清音缕缕牵魄走。
走马南疆草正肥，越关西域沙尘飞，呦呦鸣鹿并出师。
流光溢彩妆不脱，今夜八部戈相拨，琴键如刀声如割。
清源正气底蕴蒸，五音如织旋作绳，江清月近诗画凝。
白浪闻之应胆慑，尘氛洗净碧霄接，班师鼎盛满堂捷。

（注 君：这里指合唱指挥； 八部：这里指合唱的八个声部。分别是女一高二高、女中一低二低、男一高二高、男中一低二低。）

梦回延安

号声催我踏征程，马叫风嘶北斗明。
宝塔镇妖兵勇聚，延河竞渡浪潮生。
红缨转战铁巢垒，未雨绸缪大本营。
换代改朝龙圣地，百年薪火赤旗擎。

河边吟唱

黄水泱泱地作床，昼行不息日微茫。
高帆酷暑纤夫苦，叠浪寒星号子凉。
泛滥灾民曾恨水，乐施仁道解愁肠。
河流东去万千里，村径繁花稻米香。

戊戌冬至浙江歌舞剧院合唱团歌友宋忠赤逝世三月祭

乾坤孕秀人忠赤，开拓精神国事谈。
才及天文呈大略，情兼地气任高参。
仁贤儒雅尊师友，简朴勤劬作孝男。
中外风云圆桌论，赏心乐事一堂酣。

八声甘州·浙江演艺集团浙江歌舞剧院推出红色历史歌剧《红船》

有红船万里挟潮来，东风送潮归。望南湖水域，楼台烟雨，几度斜晖。是处思量今古，长夜看星魁。马列传真理，呐喊挥旗。　　回首中华大地，正百年陈腐，光曜新思。念惊雷十月，星火燎原时。举镰锤、工农兴起，为救亡、寻路舍娇妻。收疆土、国民英勇，血染征衣。

◎杭州学军中学杭州校友会、杭州市摄影家协会
学军摄影俱乐部

甲午处暑赴淳安金岙乡采风八咏

其一、淳安山区

凌霄壁挂接青天，岚翠钟灵毓秀川。
堪纳虚怀安福地，八方风水盛名传。

其二、金岙晨摄

山在虚无缥缈间，教君极目望青天。
吟襟敞豁登高远，神往桃花百里田。

其三、金岙夜韵

依稀岭上七星遥，半夜松风雾气飘。
来去八仙成美梦，泉飞古韵弄笙箫。

其四、抗日堡垒

松林竹海迎镰斧，抗日当年此养兵。
村户并肩成铁壁，保家卫国有英名。

其五、公益出征

山风习习伴征人，不慕钱财不慕神。
尊老扶贫扬善举，天涯同聚胜亲人。

其六、真心老人

携壶拄拐柴门坐，相守并肩看夕霞。
踏遍青山神矍铄，粗袍淡饭伴清茶。

其七、为百岁老人留影

欢声无不搅清静，几度重阳暮雨新。
今日老人逢乐事，笑颜百岁若迎春。

其八、金岙后代

喜看金岙今朝景，水秀山明不一般。
耕读家风传后代，岩悬百丈敢登攀。

水调歌头·甲午三月送别同学芳菲赴南极之行

极地抱冰雪，万丈起川坻。千年宫阙，横鞭拴马任来回。时与鲲鹏同境，更著寒沙弥棹，白浪共严霏。垂日转瑶柱，侠女展芳菲。　　先锋志，当景盛，笑谈资。乘云无辔，娉雨无足更高奇。天外懵腾长夜，顶上迷蒙苍昊，荡气焕清辉。世纪冰山厚，坦步过仙梯。

题晓玲同学赠现代彩墨画之作《月光曲》

箫弄玉人迎，天边和雁声。
座前千日醉，腕底百花明。
贯耳犹飘散，余音屡绕生。
望中秋月隐，樽榼未休倾。

水调歌头·杭州摄影家协会学军俱乐部戊戌年会看片

正月早梅发，己亥接新阳。卅余良友，相约晴日坐茶乡。凛凛冬之盛会，恰似梧桐展臂，招引凤和凰。端的是龙井，随处沐清香。　　山湖美，芳华聚，赞篇章。疏狂初歇，片子俗雅各开堂。得见名师高足，无怪怀珠抱玉，眼底透琳琅。不觉松窗晚，箫鼓紧登场。

宴山亭·塔川揽胜（己亥秋学军中学校友会摄友赴安徽塔川拍摄）

皖派乡村，千八百年，阅尽苍黄无数。擎托入云，兀立周峰，缭绕天都烟雾。把臂虚亭，渐疏影、敦仁何估。煌扈。最是榧樟枫，气吞骄虏。　　留得清气绵绵，尽年代沧桑，并贤前古。诚笃名儒，骧带青霜，商帮历扬昌举。坐爱霞红，更守望、野湖鸥鹭。延伫。铺纸笔、拈来妙句。

疏影·郭庄浣藻亭（庚子阳春原学军中学小老师姐妹花郭庄聚会）

青枝缀玉。有同窗发小，枝下同福。石径高亭，篱栅鸣泉，湖风睡足文竹。红鱼碧柳姿容旧，贴水面、形骸追逐。见侣俦、梦老归来，脱尽粉脂尘俗。　　回忆韶华岁月，恰苗沐雨露，酣畅淋漉。那日春光，绕郭盈盈，且藉江郎文轴。寒吹华发多霜雨，未有怨、散花天谷。到此时、谈晤心香，浣藻掬之余幅。

西江月·谷雨游龙坞

茶径来风轻俏，酒旗尽日招摇。三山半隐小篷寮。涤濯尘襟多少。　　好雨才随花季，闲情更胜香醪。此时新火与春娇。正值韶光曼妙。

己亥秋月悼新星学友

西风长夜落寒星，哭送英魂入杳冥。
梦里年华犹锦绣，眼前朋友渐凋零。
学军府第为师道，宏伟车间付五龄。
名利俗尘何以对，留连清气共碑铭。

金新星同学千古

师范塑人生，磊落光明，秋水羁魂哭远道；
精神承善果，疏朗淡泊，清风作赋慰同窗。

学军中学 16 个头小老师敬挽

几帧旧照

花飞花舞漫天涯，塞北江南片片霞。
岁月多情留故事，流光无语夺韶华。
几番感慨春秋夏，一路驱驰你我他。
今日西湖莲又好，何时师友试新茶。

疫后游园

霾尽风轻入夏天，又来曲院觅荷莲。
清池荡漾当初意，幽径留连半世缘。
欲借诗吟怀旧梦，尚余情愫织新篇。
藻亭一角霞光灿，醉对青山若逸仙。

◎新四军四师后代淮北寻根

己亥二月廿一赴泗洪谒新四军四师将士纪念碑有感

万道霞光照碣墙，江淮流水载芬芳。
丰碑座上黄花重，烈士坟前翠柏苍。
即展军旗回赤土，不忘铁旅挟清霜。
百千后代今朝聚，一片初心入赋章。

烈士陵园祭奠感怀

烟花瘦后入清明，欲祭群英戴雨行。
甬道阶长寻史迹，云天碑耸觅先声。
未临遗像已含泪，久立灵坛总是情。
一路归来春色好，啼莺宛转柳丝轻。

沁园春·贺七秩华诞

枫叶秋丹，七十华辰，好梦初圆。叹文明古国，河清海晏，小康新貌，国泰民安。诗画丰神，政纲应景，崛起东方举世看。征途上，正巡空揽月，入海降鼋。　　当年星火燎原。有多少湍流涉险关。念雄师飒爽，宏文引路，红星闪耀，镰斧开天。伟业千秋，前贤后继，吾辈风流敢往先。新时代，更图强斩恶，走向峰巅。

高阳台·中共百年志庆有感

烽火连天，先驱逐梦，大同理想为宗。一代精英，始开万里征篷。明灯遥夜“宣言”秉，率工农、冲出囚笼。举刀枪、辟地开天，势决顽凶。　　红船静泊当年志，念几多英杰，图绘春容。旗誓同盟，愿华夏若腾龙。百年磨砺争前列，为人民、富国殊雄。耀镰锤、未歇初心，天下为公。

◎中华诗词颁奖北京、大同行

“天籁杯”诗行感悟

京城聚会品甘醇，诗话联魁意更真。
西北结缘寻李杜，东南问道访苏辛。
只将和气香醪赠，尚想清尊智慧邻。
尽日凭栏知路远，赐来好句若逢春。

行香子·己亥秋月参加“天籁杯”第十六届中华诗词大赛获得金奖赴北京出席颁奖典礼有感

枫叶秋丹，菊木香尘。更怀揣千百诗魂。耕耘圣手，翻动灵根。向清皇宫，明皇殿，帝皇门。　　啸吟酬唱，飙轮欲驾，弃功名指掌经纶。江南词客，塞北骚人。若湖间月，田间柳，席间云。

庚子秋季北京行

其一、庚子季秋赴京参加第十七届天籁杯中华诗词盛会

骚坛树帜啸南北，枫叶秋丹展画岚。
雅士承传千古业，清风延伫四时龛。
庚新志逸人中望，水远山高俗外谈。
汉调唐音饶舌趣，赏心乐事满堂酣。

其二、游颐和园

皇室园林景不虚，慈禧享乐误当初。
湖亭眺望波光美，廊阁徐行气韵舒。
海市仙山皆入目，岳阳黄鹤亦飞庐。
石苍鸾彩龟长寿，拔木逾千撰史书。

其三、访圆明园

恰是秋高晴爽日，百年国耻溯从头。
皇宫历代多修筑，胜迹连城足咏讴。
大火焚烧民族恨，清风聊慰故乡愁。
催颓石裂人昂啸，华夏中兴荐勇谋。

其四、初游白洋淀

诗朋结队趣声扬，淡日轻风过苇塘。
潋滟波光先映目，澄明秋气共巡航。
此间游击贵神速，无数河湾易守藏。
翎雁哨声常警示，居安勿忘国兴亡。

天仙子·参观雄安新区

雁叫数声提耳听。东麓太行霞且映。京雄移地崛新区，乡镇盛。科研兴。凭仗创新强国令。　　春去秋来楼立鼎。云攘日熙花弄影。青春韶气比肩看，人择竞。商应聘。飞跃顶端添干劲。

秋会

永夜天街悬碧绿，于今漂泊为清淳。
春秋乐事虽休矣，冬夏闲云仍作邻。
松雨石台湛湛久，竹风茶灶泠泠新。
草堂常伴夕阳近，山树时吻晓露亲。
古邑清风行周礼，桃源盛席汇来宾。
轻敲檀板无穷趣，拨弄琴弦更妙匀。
诗入泉声流逸气，赋含山色纳甘辛。
晚亭对枕霞生醉，晨旭盈门柳亦氲。
三径蓬蒿无俗客，九天风雨揽骚情。
年年到此品珍酒，心似草花露下真。

庚子秋季参加中华诗词成就奖颁奖典礼大同交流笔会大同行

其一、大同怀古

吟旌要塞纷争地，烽火当年气自雄。
三省咽喉成鼎立，中原屏障隔鸿濛。
且穷鼓角赤云聚，始有乾坤赫日隆。
飞箭射天还啸傲，边愁不再扰春风。

其二、大同游

一派秋光处处惊，帝仙犹伴大同行。
石墙宫殿灯花秀，木塔闾门夜月明。
恒岳烟岚浮鲤脊，悬空楼阁引凰鸣。
云冈万佛灵氛现，播洒余晖沐晚晴。

其三、访佛宫寺释迦塔（应县木塔）

高塔千年尘世外，雄浑佛寺岂无根？
雁门信是钟灵脉，赵地犹饶毓秀源。
星户旷怀煌有色，月窗维宴皎无垠。
迭聆古调扬清韵，落照余霞分外尊。

其四、登悬空寺

古寺半悬神鬼斧，峰奇石怪断崖盘。
烟霞出没仙方近，蜃市浮沉腿乃寒。
尚有初心须卓立，且从三教悟平宽。
参差几度叹昂屹，此地高流结隐坛。

其五、庚子秋大同诗词笔会与师友登临北岳恒山

恒岳擎天开洞府，灵源太朴九重悬。
烟祠旧典曾相识，古木幽云亦有缘。
秋气堂皇临目远，清风纡缓到阶前。
景光明秀通南北，指顾群峰结众仙。

辛丑春参加诗词世界杯第七届诗词大赛扬州笔会
贺诗词世界杯扬州笔会

江南胜迹足徘徊，湖影山光处处开。
天就游仙留逸调，地存灵气筑高台。
新诗万首随心写，好梦三生尽兴裁。
但见文星繁似锦，回环雒诵共推杯。

南歌子·游赏瘦西湖

客坐温情伴，诗言顺水流。柳风婉转上桥楼。侧耳洞箫歌吹古扬州。　　醉眼观娇楚，纤腰倒玉舟。扶摇流景恍三秋。日暖烟花扑面足勾留。

贺新郎·游赏扬州个园

紫燕飞檐角。苑中游、松阴转午，日光新浴。执把青蓝府绸伞，伞幄漏兜碧玉。倚夏石、云舒风馥。清羽双双来浣藻，不由人、自度瑶台曲。却入耳，风敲竹。　　柳青弄色芙蓉簇。待浮萍荇草都去，伴伊幽躅。峰朵玉屏细探别，秋谷黄冈踵续。又恐扰、寒窗修木。想守万竿来此住，归真素魄不忍独。共茀郁，任扑簌。

何园半日

其一

游兴半酣倚石松，忽来神契唤春风。
对花私语泉流韵，恰有莺儿应竹蓬。

其二

古木松风集万竿，溪泉濯石倚亭阑。
清流宜续西洋景，东土和巢连壁看。

浣溪沙·南京秦淮河漫步

攘往熙来日半斜。彩霞楼阁并红纱。栏杆拍遍谒才华。倒影银河星半夜，漾波仍是客游槎。楚腰细软奉香茶。

行香子·谒中山陵

碑亦无文，志亦留存。更灵境细雨催人。有行有识，劬瘁劳神。叹国之父，燃之火，塑之身。　　抱怀天下，三民谁亲，弃功名共和谋新。长江东去，天水携尊。念一朝云，一场梦，一城春。

烟花三月下扬州

江南赴会为吟诗，竹菊梅兰意未迟。
此有清流声有调，共怜时世友成师。
酒通气韵多神境，茶润心田入雅思。
唱和四方皆乐事，山高水长贵相知。

南歌子·寄中华诗词学会第五次代表大会

细雨频添趣，风传更报晴。文旌展转日澄明。正是山高水远、马蹄轻。　　济济延昌硕，堂堂见性情。急来江水涌潮声。恰似诗词发力、揽狂鲸。

贺中华诗词学会第五次代表大会召开

大雅扶轮鼓角先，清辞丽藻贵承传。
溪桥野水归来客，茅舍篷舟便是仙。
盛会与期延古脉，新书每日续前缘。
国风汉粹原相契，旆拥帆开朗月悬。

辛丑春节寄情杭州电视台综合频道《行走》栏目组

牛背飘春淑气抬，报春喜鹊岁头来。
携来翠柳娟娟秀，唱过红梅朵朵开。
明月清风容啸傲，名山胜景待攀陪。
更期华夏开新局，行走诗从画上裁。

读年终论坛金闯礼诗有感

一年看客落愚痴，千里风云欲识时。
屡见孤家欺世界，孰知霸佬亵成规。
初心恪守神州梦，春色纷呈华夏诗。
燕赵悲歌嗟士远，东风处处绽梅枝。

过太炎故居有感

仓前扶雅岁留痕，一代宗儒宿此村。
立国除清寻美梦，求书办报结名门。
三民拥戴言承志，大学维新法必尊。
四海同盟诸子会，荆轲胆识史雄魂。

附金闯礼《过太炎故居 依竹雨韵》

仓前河畔炳麟痕，人道宗儒出此村。
结社曾扶华夏柱，驱胡欲续汉家根。
笔端慷慨主民报，岁暮沉迷话孔门。
浮世狂徒多轶事，牢房不屈是其魂。

纪念五四运动一百周年

德赛风潮时代音，百年不朽到而今。
怒烧曹宅争疆土，愤别书斋抱夙心。
家国沉沦谁肯默，礼邦衰落汝能禁。
功推白话播思想，始有南湖翠色深。

附夏理宽《踏莎行·读辛布尔《五四百年》有感》

诗语盘空，飞翔云彩。凌风缥缈灵根在。叮咚字字溅清音，波澜起伏呈潇洒。　　百载春秋，风云气概。关怀思想添风采。前途家国梦牵萦，含情笔墨随时代。

八一建军节有感

回忆南昌第一枪，更思镰斧赤旗扬。
合兵湘赣摧枯朽，取道陕甘迎曙光。
八载挥戈驱敌寇，三年破浪扫防江。
任凭四海风云乱，安国惟看钢铁墙。

京张铁路建成一百一十周年有感

塞外飞鸿云路看，青龙桥坝铁龙欢。
穿岩凿壁千般苦，斗雪敲冰几度寒。
一纸蓝图山水络，詹公筑轨岭峣盘。
往来商客多乡土，挟站沿途岁月宽。

谒陈望道故居

陈公忧国鬓霜白，经取西天笔力驰。
可敬儒生坑不尽，又将热血荐当时。
宣言已就华章译，红日初升伟业持。
前夜渎山灯火亮，赤旗镰斧战熊罴。

破阵子·观国庆阅兵

列阵军民亮剑，箭锋铁甲连营。千万将师操胜券，久戍巡防疆土宁。维和拥太平。　　魄作风雷激荡，声如霹雳心惊。疑似沙场旌鼓震，忽觉硝烟湘赣生。井冈秋点兵。

赞杭州峰会精神

吴韵江南越水长，沃畴千顷万株桑。
儒风柳岸三秋醉，佛雨松街百里祥。
政要廿邦谋国力，商机寰宇振朝纲。
太空网络连新梦，华夏文明举世昌。

贺改革开放四十周年

摸石淘金涉险滩，雄兵十亿马前鞍。
飞腾南海行先例，致富边城梦早看。
物质文明兴百业。精神道德正衣冠。
全球经贸丰碑立，特色城乡棋一盘。

永遇乐·东京奥运会感怀

笳角连营，五环悬耀，薪火传递。旅力方刚，风云叱咤，展转鲲鹏志。别归五度，春光又满，报捷万民同喜。掠荧屏、龙翔凤起，觉来曙光朝气。　　淫行疫疠，何妨人类，集结五洲徽帜。凭仗精神，比拼才技，相惜英雄泪。念吾华夏，煌煌日月，尽显威名飙锐。此时更、新星璀璨，世间赞美。

忆江南·党是领航旗

山河醒，红日破晨曦。星火燎原湘赣起，南湖烟雨浪涛迤。枪杆战熊罴。　　常记取，百姓食和衣。才道正冠民众望，又为圆梦港台依。看好领航旗。

词派吟·七一怀想

大同理想工农路。十月惊雷真理悟。世纪红船，明灯照耀，摇动千年橹。沉沉长夜，镰斧旗飘，赤光银斗聚。　　引航逐梦，开天辟地真雄。井冈火种，蓄势熊熊。狂飚一曲，卅载建功。涅槃新日，故国苍黄腾卧龙。　　坐江山，几经兴废。重启征篷，改革同舟共济。闯关攻险，求新立法，致力民生事。科研国力，争锋天下，世誉东方美。　　中华传盛世，维和世界太平。协商互利，砥砺前行。肩担道义，福泽生灵。东风浩荡，展翅晴空万里鹏。

读金闯礼《大国衰变》有感

冲天志向岂能猜，化作雷神镇九垓。
驾御方舟行巨浪，展怀医术赖雄才。
惊闻霸主离民愿，漠视瘟情无救灾。
今日再呼孙大圣，任他瘴气又重来。

附金闯礼《大国衰变》

天演春秋不可猜，且看踉跄巨人来。
瘟亡十万无人急，跪杀一人举国哀。
黑手高悬真霸主，红桃竞艳假花魁。
若知风水轮流转，不惧文明次第开。

◎抗击疫情

武汉武汉

其一

一片牵持减却春，江南江北正愁人。
且看欲尽元初月，莫厌哀多酒末唇。
岸左雷神留去鹤，埠头龟石锁游轮。
居家自保争全局，社会安危系己身。

其二

讯回日日典征衣，每日江城尽力微。
救死扶帮行处有，置身高格古来稀。
俯聆霜鬓深深见，告慰音容款款飞。
华夏风光同运转，志无相忘愿何违。

抗击疫情西湖印社援章三首

其一

抗疫关情到鄂州，封城保国寸心投。
千寻纯净连江底，一片污涂恨口头。
夜有涛声嗟往事，春来柳色趁风流。
为开金石同星月，东汉文章福祉求。

其二

心往灾区同赴召，江边城镇几分歧。
重症监护医门赞，禁足蜗居百姓知。
转眼并随凋落尽，牵肠正遇蕊开时。
长江延到西湖岸，印友援章有捷思。

其三

平生心迹仰天真，欲隐江湖自得神。
新月煌煌三径夜，骄杨沸沸几家春。
江陵瘟疫犹惊梦，南北安居不扰邻。
断腕相传忠国志，我身何作隔墙人。

画堂春·抗疫出征

倾城疫发世人忧。千家万户生愁。往来南北路穷头，无奈宾楼。　　伟岸龟蛇耸立，攸关黎庶安休。乱云时局细谋筹。力挽春秋。

画堂春·咏武汉守城军民

云翻雾滚锁长江。东湖皱面凄凉。鄂州雄峙斗牛场。雷火安邦。　　一线满弓立誓，邻衢鸣号援航。大鹏展翅护青阳。不畏天殇。

画堂春·咏白衣天使

一江春水不知疲。仁心千里驱驰。别家何问几时归。医者无私。　　雪老墙阴毒疠，霜欺雨虐寒枝。菊梅临界傲荒痍。横槊从师。

画堂春·咏三军卫士

突来瘟疫虐人寰。铁军雪甲驰援。大鹏风翼万千川。救命身先。　　荆楚必争之地，首都立誓如山。晓天将士箭弓弯。鼓角喧天。

满江红·遥祭鄂州李文亮医师

恶雨凄风，吹不动、江城行色。荆楚患、哲人鸣哨，未醒方伯。几许良言成逆耳，精英壮烈民悲泣。黎庶愤、情理法难容，何诠释。　　持正义，高品格。豪杰骨，终完璧。已春光明媚，映山红煜。但愿可人安卧好，如今花木争相袭。扬帆起、三镇广通衢，晴空碧。

玉蝴蝶·抗疫逆行大爱无疆

万里雪崩云断，龟蛇踞险，嗟惋流光。两岸萧疏，湖北笼罩悲凉。天门南、回车逆返，秦岭外、交臂救场。国情量。南援北调，货物装箱。　　难忘。元时告急，几经风雨，屡变星霜。别母离家，明知去处是灾乡。爱华夏、深悬危境，战疫瘟、初试巡航。力相傍，勇谋断腕，亮剑西阳。

山花子·鄂州春晓

晓色江城雨露鲜。风摇波影映花颜。今与韶光共陶醉，乐缠绵。　　黄鹤阁听流水韵，白云升起绕山间。荆楚柳枝飘雪带，岂无仙。

蝶恋花·启真红梅

吾苑寒香争脸面。簌簌红苞，跃上青枝绽。伊把弥香连雾转。生成流韵琴声暖。　　一景开帘兼两岸。神遣江城，怀抱南飞燕。欲绕行云随静婉。欣闻慈雨家门善。

思佳客·赞南都德加物业

吴水轻帆破晓沉。婆娑曳影也牵心。欲知江上春多少？且探楼前柳浅深。　　肯担待，叙乡音。巡安昼夜万家钦。梅花喜佩金红照，依竹新莺敬业吟。

蝶恋花·值庚子疫情欧洲泛滥挂念胞弟赛克

秀水祥云傍晚渚。绿瘦红肥，如约流金渡。但肯乡音留小住。泛舟去看芙蓉舞。　　万里浮烟笼百虑。庚子天殇，瘴气无穷迕。拜月祈禳圆十五。梦中只踏归乡路。

◎野风旅摄

八声甘州·戊戌立秋随野风旅摄团队肯尼亚行

看漫天沙草带云烟，赤道两边连。几峰成叠嶂，空城晓色，梦里方圆。过客遥怜岁月，不舍是青川。今又逾千万，俯仰坤乾。　我等追心向远，逐牛羊四散，鹰鹫盘旋。慕呦呦鸣鹿，步似象优闲。到冬湖、红唇浓烈，起狼烟、豺豹睡狮前。存亡事、跻攀孤苦，命本由天。

蓦山溪·观博高利亚湖火烈鸟

日生新意，景色饶多变。绽放彩霞时，似雪到、滩头染遍。凝酥缀粉，烁烁亮肌肤，亦绿水，亦青山，稀世黄昏恋。　温文尔雅，转觉瑶台鹳。万里觅秋湖，尽由它、独凭两眼。升腾万象，还是本来天，青濛上，白云间，筑起红墙苑。

马赛马拉国家公园

飞禽走兽画中喧，赤道投生尽入园。

世事无常天易老，物雄竞择自开源。

◎江南摄影群

行香子·江南古村行

一列裘装。凤起龙翔。水天新、千岛湖光。土花螺黛，石卵烟桑。涉沙溪急，霜溪冷，霁溪长。　　书香剑气，虚明斋舍。似当年、牙旆高扬。松风偕梦，梅鹊同冈。探竹山幽，云山渺，月山苍。

采桑子·晨摄

晨星穿户楼台聚，君早山边。君早山边。满目韶光、胸境自舒宽。　　金波叠巘清江雾，紫瑞添鲜。紫瑞添鲜。飞镜重磨、不觉日依阑。

清平乐·甲午冬日赴淳安千岛湖白象湾摄影

其一、晨雾

蓬莱晓市。幻尽平生意。鸥鹭穿云鱼跃水。惹起银波玉霁。

曙月积淀山颠。雾星隐落河湾。十里桑麻带郭，且行且远天边。

其二、晚霞

参差日落。光绪从谁错？玉帐云辉无寂漠。天有红霓一幕。

岁月莫道孤寒。五羊迭起风烟。乃敢皇城不谒，遨游总在霞川。

咏二十四节气

立春

东风吹到栅栏北，初见娇黄上柳弓。
香雪剪花红骨朵，金霞刻燕绿茭丛。
阳和暖气瑶池涌，雨露春晖沃野融。
天地开弘移律吕，草飞鱼跃始桑穹。

雨水

天降甘霖谷鸟喧，啄泥燕子老梁盘。
稼轩柴院窗还冷，豆麦田头日愈宽。
千亩桑林山径绿，万塘茭地水蛙欢。
当春好雨守时节，耕事蚕渔几处看。

惊蛰

雷惊今日蛰虫动，野陌清云露草芊。
寒历迢迢欺月软，春期咄咄逼星悬。
启田问野三分地，博种增粮一万年。
风雨劬勤来杜宇。临耕储备育秧前。

春分

农桑盈歇古循环，几度雷鸣过远山。
燕子北疆随鸟历，樱桃南国趁花颜。
光阴无奈均分过，甲子皆知各有还。
趁得风轻飞纸雁，田边蓓蕾正盘鬟。

清明

悠悠寒食春逾半，绿竹庭园冠紫英。
古木摇扬花若扑，晓莺娇啭曲如迎。
和风习习飞清响，细雨飘飘润郁萌。
扫墓南山情切切，踏青折柳易心情。

谷雨

嫩芽新绿细开挑，谷雨农人与日争。
坡上巡耕鸥鸟叫，塘前品赏鳜鱼羹。
和风拨笋苞犹嫩，暖水烹茶色且贞。
播种移苗情跃踊，埯瓜点豆夏锄行。

立夏

夕照山头树影移，秤人梁上笑声驰。
炎光环月开璇市，热气熏楼拂桂旗。
梅子未黄先着雨，樱桃初熟正繁枝。
蚕饥争叶余春里，垄亩蒸陶翠麦时。

小满

西塘还聚藕花缘，田野交逢割麦天。
农妇安知时雨好，老翁且喜岁年延。
窗含银月初生桂，叶卷黄梅始入乾。
卉木滋荣桑子落，蚕麻忙罢顾秧田。

芒种

家家麦饭菱歌唱，黄梗绵连百里堤。
倏分穗头行径整，伫看芒刺粒珠齐。
农忙处处扶犁雨，劳作天天傍月畦。
披挂蓑衣同上阵，西风吹老稻香泥。

夏至

阴生头伏始鸣蝉，祀祖祭神余半年。
风引翠苔留鸟篆，山垂瘦影仰溪泉。
黄鸡竹酒林中宴，篱帐柴门月下田。
遥识仙机三候夏，一场欣雨喜逢贤。

小暑

老屋熏风瓦上堆，嚣张时日若蒸醅。
游峰云谷先交雨，热土城隅已奏雷。
但见泉枯蛙蝈躁，可怜石酷藓苔唉。
出梅入伏自清静，斜倚藤萝茗一杯。

大暑

老柳昏昏睡不休，庭轩腾跃热风流。
烘霞纷扰正嚣闹，赫日昏庸欲诉愁。
衣解罗襟身若洗，雷鸣云阁雨无投。
儿童月下挑新蟀，灯照篱门竹径幽，

立秋

炎炎辣日火烧宫，万物蒸腾势不穷。
细水涓流油米贵，焦田奄喘穗禾躬。
知秋一叶何来醉，积雨闲诗未肯终。
万里悄然侵雾露，断蝉抱柳起西风。

处暑

山顶赫然龙白首，高天流火捣蟾宫。
疾风野马来尘市，急雨饥蚕食夜空。
农事为期单日计，秋收如愿五粮丰。
天牛影拜双星合，庆酒霞倾碗底红。

白露

心系高清多惠顾，吹残黄叶也生稠。
江溪舟渡云光散，石树杯阑露气幽。
雁叫腾空排直阵，鹤频照水识同俦。
醇香硕果囤仓罢，蒹苇滩头会白鸥。

秋分

稻花千里应秋色，万亩良田聚晓风。
金气阴阳天地合，乾元寒暑四时通。
归心急向山乡去，扶竹几看鱼水融。
遥岸禅林吹梵响，香炉顶月雁声空。

寒露

潇潇木叶随风雨，寒露侵帘湿布衣。
溪岸万株灯乃炫，草塘一网雪成绯。
夜传陶令黄花阵，晨读骚人红叶飞。
碧李翠瓜呈玉碗，白驹皎皎出天扉。

霜降

枯荣摇曳始苍凉，古道长亭雁字翔。
九月早寒霜已降，为期落叶露成行。
篱边击鼓黄花盛，席上传诗紫气扬。
莼美蟹肥倾酒盏，满城银鬓度重阳。

立冬

轻霜细雨破帘入，寒鸟低飞枕上鸣。
节序投辰临亥月，稻粮留种置仓棚。
街头黄菊枝还盛，岭上丹枫色更明。
满目青黄风碾转，三千梅木雪宾迎。

小雪

霜重露凝人抖瑟，新茶独煮试裘装。
含窗初雪连三九，并蒂新梅尽未央。
古木悬萝苍霭色，琪花瑶竹玉屏光。
羽纱交织渺茫景，玉立冰莲彻骨香。

大雪

风欺北户满弓刀，素魄银幡朔气交。
柳借琼枝伸秀臂，梅朝冷月抖寒梢。
雪光散作岭头絮，人迹原无冰雪巢。
艄子渣髯何用剪，吴宫风物自生爻。

冬至

白雪飘飘移律历，桌前食饺酿新醅。
惟应春梦兜阳气，更借玄机弃俗垓。
毕祭庵堂扶又拜，分盘皎洁去而回。
旋生万物崭头角，九九龙腾出景台。

小寒

料峭寒天飞雪片，云低陌上北风残。
梅枝腊月蕾先放，竹境苍空鸟自盘。
绿蚁新醅人几醉，红泥小火赋承欢。
流沙荡涤万千里，岁杪归鸿傍晓阑。

大寒

晴日寒光乾象开，絮压南岭筑琼台。
来鸿野店恍迷月，远客荒郊宿冷斋。
孤嶂难围风气势，小枝抖落玉瑶钗。
欲行春阙会鸾凤，也作长龙卷雪皑。

寄安徽歙县阳产土楼

山道百延梓桑，野光夹岭古稀藏。
青砖雕檐成趣，流水叮咚绕老墙。
童儿堂前垒土乐，鸡群地脚觅食秧。
坡上瓜果常摘取，石阶挑夫搬两筐。
日落雁归“瓢勺”里，霞月玲珑共祠堂。
新安雨水多滋润，狩猎宋人安一方。
岁月渊源子孙厚，宋元明清历苍黄。
而今山月待何人？松鹤邻里共暑凉。
黄荆淹尽无穷梦，灰巷无声石板荒。
辗转如风时又雨，土屋连排挺脊梁。
年年夕霞只相似，岁岁耕读圣德扬。
但见炊烟村头起，户户帘中酒喷香。
前山后山农家乐，鸿雁双飞哨声长。
山色涛声即召唤，青年才俊门楣倡。
如画江山爱不够，山外有天更图强。
寻寻觅觅几出入，世外桃源我徽乡。

（注：“瓢勺”指阳产土楼所在地势。）

己亥春日偕诗友邵丽、项宗宝游姑苏拙政园

三月初三时节新，姑苏园林多游人。
寻春绿野色且真，浅绛粉香朵朵匀。
青纱蓬裙旋蛮腰，金边罗袖缠麒麟。
　照水何所乐？燕来蝶舞露点唇。
　踏风何所趣？羽裳飞盖柳塑身。
指南俚语吴越腔，坐北酒歌汉与秦。
幽谷桥头听潺湲，荷塘棹边逗紫鳞。
岩架花梢染翡翠，莺穿柳带弄纷纶。
兰苑泊墨倦俗尘，竹楼鸣笳数家珍。
箫管低吟向山门，漱石枕流懒问津。
玉帝龙辇到此巡，三千佳丽入翠茵。
橹声欸乃斜阳后，东风处处展红巾。
疏朗坦卧缘人智，真觉沉睡无贪嗔。

大盘参军
——纪念杭州解放七十周年

祖上五河安水土，良田百亩食无愁。
女相夭折添丁喜，名唤大盘天作筹。
土匪荒年索钱物，谷粮银器赎童囚。
绵绵水路离家远，蚌埠书堂学问求。
三八年冬离父母，凌山指路志同俦。
少年加入武工队，淮北皖东擒敌酋。
信仰坚贞人有志，山河破碎士分忧。
人生自古谁无死，心赋戎葵到白头。
十八只身探泗县，劝降敌伪用兵谋。
宣传抗日聚人气，箫竹思乡小放牛。
豫皖苏区打游击，雪枫纵队步枪头。
漫天烽火学马列，旷宇胸怀连海陬。
革命熔炉钢百炼，人民子弟保春秋。
皖南将士反顽劣，吹角连营血色稠。
典范谈兵孟良崮，英雄华野灭蚍蜉。
党员支部连排设，教导交心责任酬。
子弹腿腰伤两处，自将绷带肉中抠。
前沿工事气同慨，雪耻官兵生死丢。
地陷天崩山野阔，硝烟红日战场幽。
刺刀见血嗷嗷叫，炮火连天阵地收。
淮海战机超胜算，蒋军精锐气将休。

出师较力大拼比，民众支前车似流。
滚滚长江东逝水，雄师百万浪先头。
进军解放全中国，直指江南意气遒。
旗帜飘飘军号响，兵团威武入杭州。
街头锣鼓秧歌起，灿灿红星若铁流。
多少中华好儿女，身先士卒写春秋。
晚年抱恙谈锋盛，俱进与时情未休。
征战一生魂魄在，清廉两袖德誉修。
英姿飒爽真豪迈，风袂飘飘雨奉酬。

注：我的父亲辛航，小名大盘。1938年底参加革命，早期做敌伪军工作，曾化名李海波。凌山是父亲在蚌埠读中学时的学长，也是父亲参加革命的引路人和入党介绍人，后不幸在战斗中牺牲。

父亲多才多艺，喜欢摄影。喜欢用步枪打麻雀。喜欢双放手骑自行车，还在后面带着我们小孩。父亲吹口琴能用舌头打出节奏。他尤擅长吹箫。《紫竹调》《雨打芭蕉》《小放牛》等民间丝竹乐曲是他的最爱。平时无论是高兴还是忧伤都会由兴神来。记得那支描着彩凤的箫在“文革”期间被造反派抄家时毁掉。从此就再也没有听到他的箫声了。父亲的毽子踢得灵巧，可连续踢十几个大跳。父亲的手也勤快，会扎风筝，擅长扎出九连环风筝、鹰风筝和蝴蝶风筝等图案。先用竹篾形成轮廓，粘上油纸，然后细心用颜料着成五色，使得风筝上天色彩鲜艳，造型栩栩如生，有欣赏价值，如同工艺品。当春天来临时，父亲便带着我们三姐弟去黄龙洞奶牛场的田畈里放风筝。每当荠花远馨时，我便想起了那风筝牧云的画面…… 空余时间父亲喜欢看京剧、听京戏和写些小诗抒发情怀。

晚年的父亲喜欢喝些小酒，喜欢凝神静听《长征组歌》和《黄河大合唱》等革命历史歌曲，他常常陶醉其中而误了茶饭。听至心情激昂时还跟着哼唱。1974年底，父亲身体每况愈下，他挂着吊瓶上了火车，坚持在我的陪伴下去了上海、蚌埠、泗县、宿县、泗洪、固镇、五河等地，这是他当年战斗过的地方。他在那里寻找着当年战斗踪迹，寻找着回忆中的那些曾经生死相托的战友；其间还特意备了鲜花去了中华民族英雄、共产党人好榜样彭雪枫的墓前缅怀先烈。

父亲患肝腹水治疗无效，于1984年8月7日去世，享年62岁。值得一提的是，父亲在病危期间，强作精神由妈妈代笔，几次为战友提供不是特务和假党员的证明材料。他平静地离去没有留下豪言壮语，没有留下家产，没有留下骨灰。他留在书架上满满的马列著作和理论学习文件、书籍、手稿寄托着父亲不变的信仰，让我们做儿女的看到并且记住了一个老兵的胸怀、志向和对党的忠诚。

感谢浙江大学西溪校区离休办和浙江大学档案馆提供相关资料。

良渚遗址申遗成功志感

良渚水城五千载，一展物华动四方。
天目山脉色壮美，东苕溪港气高昂。
玉则琮璧九天挂，器则龙麟寒宇翔。
石则雷鸣收震怒，殿则瑶台构陆墙。
开源万谷兴水利，吐纳青芽养蚕桑。
垂化炎光出寂寞，日月五星神激扬。
与余问答既有以，兽面符号角山藏。
古越盟邦趋农渔，中华城池初第一。
娲皇补天落锦片，飞绽人间浑石室。
蛮荒辟壤燃烽烟，犁耕朝野带新日。
仓储廪厚国梁枕，玉制疆吏始纲律。
江潮窣堵依万象，风铎月轮度晓色。
远古文明开先页，东方曙光多胜迹。

◎楹联

贺浙江诗友词人聚会

浙西秀美山川，锡鬯典谟垂史册；
江左英华日月，鸿儒风雅润钱塘。

北山街

轻风葛岭仙翁近；
细雨明湖绿水多。

铭志

茶饮山春，明志甘居淡泊；
诗吟竹韵，延年许托清修。

贺诗词世界杯扬州诗会

聚会是传承，读不尽历代诗文千秋国粹；
赏心成乐事，都付于一生好梦百部书香。

诗友小聚

明月窗前，塞北客吟《归田乐》；

清风楼上，江南人唱《满庭芳》。

书心（脱化联）

梅亦有聚，竹亦有聚，有聚文坛立；

菊也无闲，兰也无闲，无闲学海修。

天下

放眼杭州惟见人文存大气；

荡怀世界当行天道鉴初心。

天下为公

梦初怀于大众，同奉日之心；

言定鼎于中华，共擎天之柱。

题梅竹

梅有奇香，结玉骨花颜，东风开境；
竹无俗韵，连冰魂雪魄，夜月留春。

题南都书房

一帘芳草存新绿；
几寸素斋漫古香。

无题

梦为歌世界；
心是赋家乡。

壬寅迎新

勤政爱民，亦为牛品德；
高怀壮志，皆是虎精神。

晨崧诗观

诗，是诗人生活经历所构成的心灵的画图。

诗，是诗人热爱祖国、热爱人民、热爱社会、热爱生活的经历及其修养、品德、学问、素质等水平的表现。

我看诗，如获至宝，从中开阔眼界，悟出真觉，增长学问。

我写诗，如蚕吐丝，不吐不快，吐后轻松、痛快。

当诗，写出自己的胸中之妙时，会感到无比的愉快和幸福，这是一种高雅的、美好的精神享受。

禅境，是禅诗作者汲取诗意情感的源泉；

诗情，是禅诗作者反映禅境感触的表达。

诗人要正派，要有广阔的胸怀和远大、敏锐的目光。登山、写山，要有山的气魄；观海、咏海，要有海的宏量。

诗人要高尚，要有高尚的道德情操，要有良好的品行修养，要有纯洁美丽的灵魂，要有甘于牺牲自己、勇于助人为乐的精神。

诗人要谦虚，要有“两人相聚，有我师处”的灵性，要以“处处留心皆学问”的态度和大家相处，虚心学习别人的长处。

——摘于《文缘、诗意、心声》